AF098401

www.ingramcontent.com/pod-product-compliance
Lightning Source LLC
LaVergne TN
LVHW011953070526
838202LV00054B/4912
* 9 7 8 8 1 9 6 0 7 7 7 9 2 *

ایک لڑکی ایک جام

(افسانے)

از:

امرتا پریتم

© Taemeer Publications
Eak Ladki Eak Jaam (*Stories*)
by: Amrita Preetam
Edition: December '2022
Publisher & Printer:
Taemeer Publications, Hyderabad.

ISBN 978-81-960777-9-2

مصنف یا ناشر کی پیشگی اجازت کے بغیر اس کتاب کا کوئی بھی حصہ کسی بھی شکل میں بشمول ویب سائٹ پر اَپ لوڈنگ کے لیے استعمال نہ کیا جائے۔ نیز اس کتاب پر کسی بھی قسم کے تنازع کو نمٹانے کا اختیار صرف حیدرآباد (تلنگانہ) کی عدلیہ کو ہوگا۔

© تعمیر پبلی کیشنز

کتاب	:	ایک لڑکی ایک جام
مصنف	:	امرتا پریتم
صنف	:	فکشن
ناشر	:	تعمیر پبلی کیشنز (حیدرآباد، انڈیا)
زیر اہتمام	:	تعمیر ویب ڈیولپمنٹ، حیدرآباد
ترتیب/تہذیب	:	مکرم نیاز
سالِ اشاعت	:	۲۰۲۲ء
تعداد	:	(پرنٹ آن ڈیمانڈ)
طابع	:	تعمیر پبلی کیشنز، حیدرآباد–۲۴
صفحات	:	۱۳۰
سرورق ڈیزائن	:	مکرم نیاز

فہرست

پیش لفظ	مکرم نیاز	7
(۱) ایک لڑکی ایک جام		9
(۲) لال مرچ		22
(۳) تجارت کا سوال		32
(۴) ہڈیاں اور پھول		49
(۵) چاندنی رات		64
(۶) نیل کمل		77
(۷) دھواں اور شعلہ		88
(۸) ملاقات		101
(۹) پانچ بہنیں		110

ایک لڑکی ایک جام

امرتا پریتم

ایک لڑکی اور ایک جام میں کیا فرق ہے---

بہت کچھ---

اور کچھ بھی نہیں---

اس نے بھی ہر لڑکی کو ایک جام سمجھا---

لبریز کیا، ہونٹوں سے لگایا اور توڑ دیا---

لیکن وہ اس کی زندگی کا آخری جام ثابت ہوئی۔ مگر وہ جام اس کے ہونٹوں تک آنے سے پہلے ہی چھن گیا اور وہ زندگی بھر آنسو بہاتا رہا----

پیش لفظ

مکرم نیاز

۳۱؍ اگست 1919ء کو گجرانوالہ (پنجاب، غیر منقسم ہندوستان) میں پیدا ہونے والی پنجابی اور ہندی کی معروف و مقبول شاعرہ و نثر نگار امریتا پریتم ۳۱؍ اکتوبر ۲۰۰۵ء کو بعمر ۸۶ سال دہلی میں وفات پا گئی تھیں۔

امرتا پریتم ہندوستانی ایوانِ بالا (راجیہ سبھا) کی رکن رہیں، ۱۹۶۹ء میں انہیں پدم شری اور ۲۰۰۴ء میں پدم وبھوشن کا اعزاز حاصل ہوا۔ اس کے علاوہ انہیں ساہتیہ اکیڈمی ایوارڈ اور دیگر اعزازات بھی حاصل ہوئے جن میں پنجابی ادب کے لیے گیان پیٹھ ایوارڈ بھی شامل ہے۔

چھ دہائیوں سے بھی زیادہ طویل ادبی کیریئر کے دوران امرتا پریتم کے ۲۸ ناول، ۱۸ نثری مجموعے، مختصر کہانیوں کے ۵ مجموعے اور ۱۶ متفرق نثری مجموعے منظر عام پر آئے۔ ان کی بیشتر کتابوں کا انگریزی سمیت کئی زبانوں میں ترجمہ ہو چکا ہے۔

ساحر لدھیانوی کے ساتھ امرتا پریتم کا عشق یک طرفہ تھا۔ امرتا نے اپنی آپ بیتی "رسیدی ٹکٹ" میں کہیں بھی اپنے اور ساحر کے رشتے کا ذکر مفصل انداز میں نہیں کیا لیکن جب آپ اس سفر میں ان کے ہمرکاب ہوتے ہیں تو گویا ایسا محسوس ہوتا ہے کہ ان کی ہر بات ساحر کی بات ہے اور زندگی میں جو بھی کچھ ہے بس اسی ایک شخصیت سے غماز ہے۔ امرتا اور ساحر دوست

رہے اور ان کی داستانِ محبت کا شمار دنیائے ادب کی عظیم داستانوں میں ہوتا ہے۔ ایک ایسا رشتہ جیسے چناب کے دو کنارے جو ساتھ تو چلتے ہیں لیکن ملتے نہیں ہیں۔ امرتا ساحر کے سحر میں مبتلا رہ کر زندگی کو گویا ایک خواب کی سی کیفیت میں گزارتی ہیں اور ان کی یہ کیفیت "رسیدی ٹکٹ" کو پڑھتے وقت کہیں کہیں انتہائی شدت سے ابھر کر سامنے آتی ہے، بقول جون ایلیا :

میں جرم کا اعتراف کر کے

کچھ اور ہے جو چھپا گیا ہوں

مشہور ادیب و شاعر بلراج ورما ایک جگہ لکھتے ہیں۔۔۔

امرتا جی ترقی پسند تحریک کی ان روشن ترین شخصیات میں سے ہیں جن پر ہم بجا طور پر ناز کر سکتے ہیں۔ امرتا ہمارے دور کی سچی نقاش ہے۔ اس نے اس بدنصیب صدی کی تہذیبی اور سیاسی فضاؤں، بہاروں اور خزاؤں یعنی اس کے سارے سکھوں، دکھوں کو جیا اور اپنی ذات پر جھیلا ہے اور اس کی راکھ کو سندور مان کر اپنی مانگ کو سجایا سنوارا ہے۔ ہمارے دوزخی سماج کی آگ میں تپ کر بھی یہ پر بہار، پر شباب اور پر وقار عورت جھلسی یا کمھلائی نہیں بلکہ کندن کی مانند پاک و شفاف ہو کر ہمارے سامنے آئی ہے۔ اس پر بہار شاعرہ نے ہماری زندگیوں کو سجایا سنوارا اور نکھارا ہے۔۔۔ ہماری سنگلاخ راہوں کو ہموار کیا ہے اور ہمیں زندگی جینے کا درس اور سلیقہ دیا ہے، محبت دی ہے۔

"ایک لڑکی ایک جام" امرتا پریتم کی چیدہ چیدہ کہانیوں کا مجموعہ ہے۔ تعمیر پبلی کیشنز (حیدرآباد، انڈیا) کی جانب سے اسی مجموعے کا جدید ایڈیشن پیش خدمت ہے۔

۲۵ / دسمبر ۲۰۲۲ء
حیدرآباد دکن (انڈیا)

ایک لڑکی ایک جام

مشہور مصوّر سمیش نندا کی یہ کہانی دراصل میں نے پچھلے برس لکھی تھی۔ دِلّی میں اُن کی تصویروں کی نمائش ہو رہی تھی۔ ہفتہ بھر لگاتار کسی نہ کسی اخبار میں اُن کے فن پر تبصرہ شائع ہوتا تھا۔ بڑے بڑے دانشور یہ تعریفی تنقید لکھتے تھے۔ مجھے فنِ مصوری سے متعلق صِرف اِتنی ہی واقفیت تھی جتنی کہ فن سے بے بہرہ مگر حساس شخص کو ہوتی ہے۔

نمائش میں رکھی گئی تصویروں کی خاموشی سے تعریف کرتے ہوئے میری آنکھیں سمیش نندا کی دو تصویروں پر جم کر رہ گئیں۔ ایک تصویر کے نیچے لکھا تھا — "ڈھائی پتیاں، ڈیڑھ پتی۔" اور دُوسری تصویر کے نیچے لکھا تھا —

"ایک لڑکی ایک جام"

پہلی تصویر چائے کے باغ میں چائے کی پتیاں چنتی ہوئی دو پہاڑی دوشیزاؤں کی تھی اور اس تصویر کا مفہوم مصور نے کچھ یوں سمجھایا تھا۔ "چائے کے پودے کی آخری کونپل صرف ڈیڑھ پتی ہوتی ہے۔ ایک پوری پتی اور اس سے جڑی ہوئی ایک ننھی سی پتی۔ اِس ڈیڑھ پتی کی آب وتاب ذرا مختلف ہی ہوتی ہے۔ اِس آخری کونپل کے نیچے ڈھائی پتیاں اُگتی ہیں۔ نہایت نرم اور پھر اُس سے نیچے موٹی پتیوں کی کئی ڈالیاں ہوتی ہیں۔ ڈھائی پتیاں اور ڈیڑھ پتی توڑ کر الگ رکھ لیتے ہیں۔ اِن پتیوں سے جو چائے بنتی ہے وہ بہت مہنگی ہوتی ہے۔ ہم لوگ جو چائے پیتے ہیں وہ موٹی پتیوں کی ہوتی ہے۔ ایک ایک ثابت وسالم پودے سے چائے کی صِرف چار ننھی پتیاں اُترتی ہیں۔ سارے باغ سے آخر کتنی پتیاں حاصل کی جا سکتی ہیں؟ وہ چائے ساٹھ روپے پونڈ سے بھی مہنگی بِکتی ہے۔

سمیش نندا کی تصویر میں اِدھر جو پہاڑی دوشیزہ تھی اس کا چہرہ نِصف سے بھی کم دِکھائی دیتا تھا۔ دیکھنے والے کی طرف اُس کی پیٹھ تھی۔ لیکن پھر بھی اُس کے حُسن کا جو انداز نظر آتا تھا، اُس سے یوں معلوم ہوتا تھا جیسے تمام پہاڑی دوشیزائیں چائے کا ایک پودا ہوں.... بِکھرا اور

پھیلا ہوا پودا۔ اور اِس طرف کھڑی ہوئی وہ لڑکی جیسے اُس پودے کی آخری کونپل تھی .... مگر میں نے اپنی یہ رائے اپنے دِل ہی میں محفوظ رکھی اور مصوّر سے کچھ نہ کہا۔

دُوسری تصویر جِس کے نیچے "ایک لڑکی ایک جام" لِکھا تھا، پہاڑی دوشیزہ کے انوکھے حُسن کی حامل تھی۔ جیسا کہ لوگ کہتے ہیں "مُنہ بولتی تصویر" سچ مچ میں نے ایسی مُنہ بولتی تصویر پہلے کبھی نہیں دیکھی تھی۔ اِس کے بارے میں مصوّر نے کوئی وضاحت پیش نہیں کی تھی۔ میں نے یہی کہا "ایسا جام پینے کے لِئے ایک عُمر بھی کم ہے"۔

مصوّر نے ٹِھٹک کر میری طرف دیکھا۔ مصوّر کی عُمر ساٹھ برس کے لگ بھگ ہوگی۔ نہ جانے شباب کا کون سا عالم اُبھر کر اُس کی آنکھوں میں آگیا تھا — وہ بولا۔ "اِس تصویر کی آج تک ایسی ترجمانی کِسی اور نے نہیں کی۔ یہ تو دراصل وہی بات ہے جسے میں کہنا چاہتا تھا .... اور تو اور میرے احباب نے بھی اِس تصویر کے یہ معنی نہیں نِکالے۔ کچھ لوگ مجھ سے مذاق کر کر رہے ہیں — "ایک لڑکی، ایک جام"۔ جام تو ہر روز نیا میسّر آسکتا ہے"۔

نہ جانے اِس تصویر میں کون سی کشش تھی کہ نمائش ہفتہ بھر رہی اور میں وہ نمائش تین بار دیکھنے گئی — دراصل وہ نمائش ہی "ایک لڑکی، ایک جام" تھی۔

وہ کوئی فنّی اور شعوری بات نہیں تھی۔ میں نے اپنے دِل سے اُٹھی ہوئی ایک سادہ سی بات سمیش نندا کی تخلیق سے متعلق کہہ دی تھی۔ یہ سادہ سی بات مصوّر کا دِل ٹٹول کر اُس کے ہونٹوں پر لے آئی۔

"میں کانگڑہ کے فنِ مصوّری کی تحقیق کے لئے ایک گاؤں میں ٹھہرا ہوا تھا۔ پالم پور کے چائے کے باغات کچھ زیادہ دُور نہیں تھے۔ یہ تصویر "ڈھائی پتیاں ڈیڑھ پتی" میں نے وہیں بنائی تھی۔ یہ لڑکی جو اِس طرف کھڑی ہے، دراصل وہی لڑکی ہے جسے میں نے دُوسری تصویر "ایک لڑکی ایک جام" میں دِکھایا ہے۔"

یہ بات تو میں نے آپ کے بتانے سے پہلے نہیں پہچانی تھی۔ لیکن پہلے ہی دِن یہ تصویر دیکھ کر مجھے یُوں محسوس ہُوا تھا جیسے تمام لڑکیاں چائے کا پودا ہوں۔ اور یہ لڑکی اُس پودے کی بالائی کونپل ہو، سبز، ننھی، اور چمکتی ہُوئی۔"

سمیشں نندا کی بوڑھی آنکھوں میں چمک پیدا ہوئی اور انھوں نے کہا — "اب تو مجھے اور بھی یقین ہو گیا ہے۔ تم نے تو مجھ سے میرے دِل کی بات کہلوالی ہے تم نے جس انداز میں میری دونوں تصویروں کا مطلب بیان کیا ہے اُس سے میری کہانی سُننے کا تمہیں حق حاصل ہو گیا ہے۔ اِس سے پہلے میری کہانی کوئی نہیں سُن سکا۔"

"میں نے اُس لڑکی کو "ٹونی" کے نام سے پکارا تھا۔ میں نے اس کا اصل نام پُوچھنے کی زحمت گوارا نہیں کی تھی۔ اُس نے چائے کی پتیاں چُنتے ہوئے "ڈھائی پتیاں اور ڈیڑھ پتی" والی بات مجھے سُنائی تھی اور میں نے اُس سے کہا تھا کہ تُو بھی تو ان دوشیزاؤں کے پودے کی بالائی کونپل ہے — بہت مہنگی — خبر نہیں یہ چائے کون پیئے گا؟"

"برسات کے دِن تھے۔ ایک نالے میں باڑھ آگئی اور آس پاس کے دیہات کو آپس میں مِلانے والی سڑک زیرِ آب ہو گئی۔ تین روز کے بعد اُس سڑک کا بدن دِکھائی دِیا۔ اِدھر سے میں جا رہا تھا، اور اُدھر سے ٹونی آ رہی تھی۔ میں نے کہا — "آخر بارش تھم ہی گئی

ایک بار تو یوں محسوس ہوا تھا جیسے یہ طغیانی رُک ہی گی نہیں۔
"کچھ خبر ہے کہ ٹونی نے کیا کہا۔۔۔۔؟ بابو! یہ بھی کوئی انسان کے آنسو ہیں جو کبھی خشک نہیں ہوتے۔"

میں ٹونی کے مُنہ کی طرف دیکھتا رہ گیا۔ اُس کی صورت بے حد حسین تھی۔ وہ ایسی بات بھی کہہ سکتی ہے، میں یہ سوچ ہی نہیں سکتا تھا۔ ایسی بات میں نے ایک بنگالی ناول میں پڑھی تھی۔ مگر ٹونی نے تو کبھی بنگالی ناول نہیں پڑھا تھا۔ شاید سارے دیشوں کے دُکھ کی ایک ہی زبان ہوتی ہے۔

میں اُس کے گھر بھی گیا۔ اس کا باپ تھا۔ ماں تھی، بہن تھی۔ دو بھائی تھے۔ ایک بھابی تھی۔ میں نے اُس کے سارے گھر کا اچھی طرح جائزہ لیا۔ یہ بات نہ جانے اس کے دل کے کس گوشے سے اُبھری تھی۔ میں نے اس کے دُکھ کے بیچ ڈھونڈ لئے۔ اس کے باپ کے سر پر قرضہ کا بھاری بوجھ تھا۔ دہاں لڑکیوں کی قیمت پڑتی تھی۔ تین چار سو روپے سے ایک ہزار روپے تک۔۔ اور ایک قرض خواہ نے پندرہ سو روپے کے

بدلے میں اُسے مانگ لیا تھا۔ ٹوٹی کہتی تھی ---- "وہ اِنسان نہیں دیو ہے۔ مجھے خواب میں بھی اس سے خوف آتا ہے۔"

ایک دن میں نے ٹوٹی سے تنہائی میں پوچھا "اگر میں تیرے خوف کے بندھن کاٹ دوں تو؟"
"وہ کیسے بابو؟"
"میں پندرہ سو روپے دیئے دیتا ہوں۔ تم اپنے باپ سے کہہ کر وہ منگنی توڑ دو۔"
اگر کوئی اور لڑکی ہوتی تو میرے پاؤں پکڑ لیتی۔ مگر ٹوٹی نے سیدھا میرے دل پر ہاتھ ڈال دیا اور کہنے لگی ---- "بابو! کیا تم مجھ سے شادی کر و گے؟"
کبھی میں نے کہا تھا ---- "ٹوٹی تو چائے کے پودے کی بالائی کونپل یعنی سَب سے بیش بہا کونپل ہے ---- بہت ہی مہنگی ---- خبر نہیں یہ چائے کون پیئے گا؟" اور آج ٹوٹی نے اپنی ہَٹ دھرمی سے اس بتی کی چائے تیار کر دی تھی۔ میں نے یہ بات نہ سوچی تھی نہ کہی تھی۔ میں نے اُسے سمجھانا چاہا کہ میرا یہ مطلب نہیں تھا۔ لیکن اُس کے تن بدن میں آگ لگ گئی اور اُس نے

"کہا۔۔۔؟ بابو! کیا میں بھکارن ہوں؟"

میری اپنی زندگی بھی کچھ اچھی نہیں تھی۔ کتنی ہی لڑکیاں میری زندگی میں آئی تھیں اور چلی گئی تھیں۔ میں صرف تھوڑی دور تک ہی اُن کے ساتھ چل سکا تھا۔ اُن کے ساتھ طویل مسافت طے نہیں کی تھی۔ اور اب میرا اعتماد ہی اُٹھ چکا تھا۔ کہ میں زندگی کا سفر کسی کا ہم سفر ہو سکوں گا۔

"میری زندگی بہت گرم ہے۔ ٹونی تو اسے نہیں پی سکے گی ۔ تیرے ہونٹ جُھلس جائینگے۔" اور میں نے اس کا دل رکھنے کے لئے اُس کے ہونٹوں پر اُنگلی رکھ دی۔

"میں پُھونک پُھونک کر اُسے پی جاؤں گی بابو۔"

میں نے اُس کی یہ بات سُنی۔ اُس گھڑی اُس کے چہرے کا جو انداز تھا اُس سے مجھے محسوس ہوا کہ یہی وہ ٹونی ہے جس کے ساتھ میں زندگی کی طویل مسافت طے کر سکتا ہوں۔"

اپنے فیصلہ کو میں نے چاندی کے سِکے کی طرح اُچھال کر دیکھا۔ میں نے کہا۔ "تمہیں شاید معلوم نہیں میری زندگی میں کتنی ہی لڑکیاں آ چکی ہیں۔ ہر ایک لڑکی کو میں نے شراب کے جام کی طرح پیا اور اپنا جامِ شراب سے دوبارہ لبریز کر لیا۔"

وہ ہنس پڑی اور بولی ۔۔۔ "کیوں بابو! کیا تمہاری پیاس نہیں بجھتی؟"
میں نے اُس سے کچھ نہ کہا اور وہ بولی ۔۔۔
"بہت اچھا بابو ۔۔۔ ایک بار جام بھرو اور جب
تک میرے دل کا یہ جام ختم نہ ہو جائے
تب تک کسی اور جام سے اپنے ہونٹ نہ لگانا"
مجھے یوں محسوس ہوا کہ میں نے اب تک
جتنے جام پیئے تھے وہ اجسام کے جام تھے
دل کے جام نہیں تھے۔ اگر کوئی ایسا جام
ہوتا تو پھر جب تک اُس کی شراب ختم نہ ہو
جاتی تب تک میں کسی دوسرے جام
سے منہ نہ لگا سکتا۔ شاید دل کے جام
کی شراب کبھی ختم نہ ہوتی ۔

میں نے اپنے فیصلہ کا روپیہ ٹنکا کر دیکھ
لیا تھا ۔۔۔ لوٹنی کا فیصلہ تو درست تھا ہی،
لوٹنی کے ماں باپ نے ہم دونوں کا فیصلہ
تسلیم کر لیا ۔ اور میں روپوں کا اِنتظام کرنے
کے لیے شہر واپس آ گیا "

ہمیش نندا نے جب اپنی کہانی کا
آغاز کیا تھا تو اُس وقت آٹھ بجنے والے تھے

آٹھ بجے نمائش کا وقت ختم ہو جاتا تھا۔ اِس لیے تصویریں دیکھنے والے لوگ لوٹ گئے تھے۔ کسی نئے شخص کو وہاں آنا نہیں تھا۔ کہانی اپنے انجام کو نہیں پہنچی تھی۔ مگر کہانی کو یہاں تک لا کر مصور نے اُسے وہیں روک دیا تھا۔۔۔ میں مصور کی طرف دیکھتی رہی ۔۔۔ رُکی ہوئی اِس کہانی کے بارے میں سوچتی رہی۔ مصور جیسے بیخودی کے عالم میں کھو گیا تھا۔

چپڑاسی نمائش گاہ کا دروازہ بند کرنے کے لیے دہلیز میں آ کھڑا ہوا تھا۔ میں نے ہاتھ کے اشارے سے اُسے خاموش رہنے کی تنبیہ کی اور انتظار کرتی رہی کہ شاید رُکی ہوئی کہانی آگے چل پڑے۔

مصور کی بند آنکھوں میں آنسو اُمڈ آئے تھے اشکوں کی روانی نے کہانی کو بھی آگے بڑھا دیا۔

"میں جب روپے لے کر واپس گیا تو قسمت میرا جام میرے ہاتھوں سے چھین چکی تھی۔"

"کیا باپ نے لوٹی کا درپردہ بیاہ کر دیا تھا؟" میں نے کانپتے ہوئے پوچھا۔

"نہیں! اِس سے زیادہ بھیانک حادثہ

ہوا۔ ٹونی جس شخص کو دیو کہا کرتی تھی اُس ساہوکار نے اپنا سودا لوٹنے کی خبر سُن لی تھی اور اُس نے دھوکے سے کسی کے ہاتھوں ٹونی کو زہر پلوا دیا تھا۔

"ٹونی کی چِتا میں ابھی کچھ آنچ باقی تھی ۔۔۔۔۔۔ تھوڑی سی آگ۔ میں نے اُس آگ کو گواہ بنایا اور چِتا کے گرد گھوم کر جیسے پھیرے لے لئے

مصور نے شاید تیس پینتیس برس کی عمر میں وہ پھیرے لئے ہوں گے۔ اگلے تیس برس تک نہ جانے کیسے اُس نے ان پھیروں کی لاج رکھی ہوگی۔ یہ بات اس کے ساٹھویں برس سے بھی صاف ظاہر ہو رہی تھی پوچھنے والی کوئی بات ہی نہیں تھی۔ مجھے یوں محسوس ہوا جیسے یہ بیسویں صدی اسے سلام کر رہی ہو۔ آہستہ آہستہ مصور کے ہونٹ پھڑکے۔

"ٹونی نے کہا تھا۔ ایک اقرار کرو بابو۔ جتنی دیر تک میرے دل کا جام ختم نہ ہو اُتنی دیر تک کسی اور جام سے اپنے ہونٹ نہ لگانا ۔۔۔۔ اور وہ سامنے کھڑی ہوئی لڑکی گواہ ہے کہ میں نے کسی اور جام سے ہونٹ نہیں لگائے ۔"

سامنے ٹونی کی تصویر تھی ۔۔۔۔۔ ٹونی ۔۔۔۔۔۔

"ایک لڑکی، ایک جام" موت نے مصوّر کے ہاتھوں سے وہ جام چھین لیا لیکن کوئی موت اُس کے تصوّر سے وہ جام نہ چھین سکی۔ اور مصوّر کی ساری عمر اُسے پیتے گذر گئی۔ اس صُراحی کی شراب ختم نہ ہُوئی۔

لگ بھگ ایک برس ہو چکا ہے۔ میں نے سمیش نندا کی زبان سے یہ کہانی سُنی تھی۔ اور پھر اگلے ہفتہ اُسے اپنے ہاتھ سے لِکھا تھا۔ لیکن اُنہوں نے مجھے اسے چھاپنے کی اجازت نہیں دی تھی۔ اس وقت میں نے کہانی میں اُن کا نام بدل کر لِکھا تھا۔ مگر اُنہوں نے کہا تھا کہ جب تک میری عمر کا آخری دِن نہیں آتا تب تک میرا اس پر کوئی حق نہیں۔ اِس جام کو پیتے ہوئے مجھے آخری سانس لینے دو۔ پھر اس کہانی کو شائع کرنا۔ ابھی نہیں۔ اس وقت میرا نام بھی بدل کر نہ لِکھنا۔

پچھلے ہفتہ آپ نے اخباروں میں پڑھا ہو گا ــــــ "مشہور مصوّر سمیش نندا وفات پا گئے۔" مصور کے فن سے متعلق اخباروں نے یہ بھی لِکھا تھا ــــــ "جس کمرے میں مصوّر نے آخری

سانس لیا، اس کمرے میں صرف ایک ہی تصویر ٹنگی ہوئی تھی ـــــ "ایک لڑکی، ایک جام"
عمر چھوٹی تھی ـــــ جام بڑا تھا ـــــ آج مصور کا وہ دعویٰ درست ثابت ہوا۔ میں نے اس کہانی میں کوئی تبدیلی نہیں کی۔ صرف اُن کا اصل نام لکھا ہے اُن کے کہنے کے مطابق۔

―――

لال مرچ

"ڈاکٹروں کے انجکشن کو چھوڑو یار، جس گھر کے کتّے نے کاٹا ہے اُس گھر کی لال مرچیں اپنے زخم پر لگا لو" ایک دوست نے کہا۔

"جس گھر کے کتّے نے کاٹا ہے، اگر اُس گھر کی کوئی خوبصورت لڑکی تمہارے زخم پر پٹی باندھ دے.... لڑکیاں بھی تو لال مرچ ہوتی ہیں" دوسرے دوست نے کہا۔

کالج کے تمام دوست لڑکے ہنس پڑے۔

اور وہ جسے کتّے نے کاٹا تھا ہنس کر کہنے لگا۔ "یار نسخہ تو اچھا ہے، مگر یہ تمہارا آزمودہ ہے نا؟"

گوپال نے عمر کی اٹھارہویں سیڑھی پر پاؤں رکھا ہوا تھا، اور گوپال کو محسوس ہوا کہ اس سیڑھی پر جوانی کے احساس کا ایک کُتّا ڈَبک کر بیٹھا ہوا تھا، اور آج اُس نے اچانک پاگلوں کی طرح اُٹھ کر اُس کی ٹانگ

میں سے گوشت نوچ لیا تھا۔ اس روز سے گوپال کا دِل اپنے زخم پر لگانے کے لئے ایک لال مرچ جیسی لڑکی تلاش کرنے میں لگ گیا تھا۔

لڑکیاں تو گوپال کے کالج میں بھی تھیں، پڑوس کے گھروں میں بھی، اُس شہر کی گلیوں میں بھی، اور دُوسرے تمام شہروں میں بھی۔ "مگر جس لڑکی کو میں تلاش کر رہا ہُوں وہ کون ہے؟" گوپال اکثر یہ سوچتا۔

اور پھر گوپال لڑکیوں کو ایسے دیکھتا جیسے تھالی میں دال کو چُنا جاتا ہے۔ چھوٹے قد کی۔ موٹی۔ چپٹی ناک والی۔ لمبی۔ گول مٹول۔ اور جب ایسی لڑکیوں کو وہ دال میں کنکروں کی طرح چُن لیتا تو اُسے تمام پُرانی تشبیہیں یاد آجاتیں۔ لچکتی ہوئی ٹہنی جیسی لڑکی۔ چندن جیسی لڑکی۔ دیودار کے پیڑ جیسی لڑکی۔ چاند کی پھانک جیسی لڑکی.... اور پھر گوپال سوچتا "کوئی بھی نہیں۔ اِن میں سے کوئی بھی نہیں۔ مجھے تو صرف لال مرچ جیسی لڑکی چاہیئے۔"

ویسے تو کالج کے تمام لڑکوں میں کتابوں اور کورس کے بجائے لڑکیوں کی باتیں لمبی ہوگئی تھیں۔ مگر گوپال کی ہر بات کو جیسے "لڑکی" لفظ کے دروازے میں سے گزرنا پڑتا تھا۔ کبھی ریڈیو پر نورجہاں کی آواز آتی "تیرے مکھڑے پہ کالا کالا تِل رے ــــ او مُنڈا سیال کوٹیا"۔ تو گوپال اپنے لال ہونٹوں پر ایک موٹے کالے تِل کو اُنگلی سے ٹٹولنے لگتا اور پھر جیسے نُورجہاں سے مخاطب ہوکر کہتا "ظالم ہر بار کہتی ہے سیال کوٹ کے لڑکے، سیال کوٹ کے لڑکے، کبھی اِس کی جگہ لائل پور کے لڑکے تو کہا کر۔"

نورجہاں نے تو گوپال کی بات کبھی نہیں سنی۔ مگر کالج کے لڑکوں نے ضرور گانا شروع کردیا۔" او منڈا لائل پور یا۔"

بھنے ہوئے چنے بیچنے والا کہتا "بمبئی کا بابو میرا چنا لے گیا" تو گوپال ہنستا۔" چنا لے گیا تو ایسے کہتا ہے جیسے اُس کی لڑکی بھگا کرلے گیا ہو۔"

عینکوں والی لڑکیاں گوپال کو لڑکیاں نہیں لگتی تھیں۔" جب بھی آنکھوں کو دیکھنا ہو پہلے شیشے کی دیوار پار کرنی پڑتی ہے۔" گوپال کہتا اور ان لڑکیوں کو لڑکیوں کی فہرست میں سے ہی نکال دیتا۔

کسی لڑکی نے اونچی ساڑھی باندھی ہوئی ہوتی، پاؤں میں موزے پہنے ہوئے ہوتے، ہاتھ میں چھتری پکڑی ہوتی تو گوپال ہنس کر منہ پھیر لیتا "یہ لڑکی تھوڑی ہے۔یہ تو ماسٹرنی ہے ماسٹرنی۔ جو طالب علم حساب میں کمزور ہو وہ ماسٹرنی سے شادی کرلے۔"

کوئی لڑکی گہرے رنگوں کے کپڑے پہنے ہوتی یا بانہوں میں چوڑیاں ہی بہت زیادہ ہوتیں تو گوپال کہتا "یہ تو رنگوں کا اشتہار ہے۔ لڑکی تو دکھائی دیتی ہی نہیں، بس پوری کی پوری چوڑیوں کی دوکان ہے۔"

کسی کی بارات جارہی ہوتی تو اُسے دیکھ کر گوپال اُداس ہو جاتا چچ.... چچ.... چچ بیچارے کا دیوالہ نکل گیا۔" گوپال کہتا "جب آدمی عاشق بننے سے پہلے شوہر بن جاتا ہے تو سمجھو اب بیچارے کے پاس صبر کی پونجی بالکل ختم ہو گئی۔ اور اُس نے گھبرا کر دیوالیہ ہونے کی درخواست دے دی ہے۔"

"شاید وہ اپنی محبوبہ سے ہی شادی کرنے جارہا ہو۔" گوپال کا

کوئی دوست کہتا۔

"نہیں یار زُلف کو سر کرنے میں عُمر لگتی ہے۔ غالب کی ڈوم لڑکی اور لورکا کی خانہ بدوش لڑکی۔ اِن کے دروازے پر کبھی بارات نہیں آتی۔"

اور گوپال سالہا سال اس زُلف کی باتیں کرتا رہا جس کے سر کرنے میں اُسے عمر گزارنی تھی۔

اور گوپال تشبیہوں میں کھو گیا۔ کالی رات جیسے بادل، مگر اُسے کسی رات نے نیند نہیں دی۔ گھنے جنگل جیسے بال، مگر وہ کسی جنگل میں کھو نہ سکا۔ سمندر کی لہروں جیسے بال، مگر وہ کسی لہر میں غوطہ نہیں لگا سکا۔ اور گوپال کو عُمر کے جو سال ایک زُلف کو سر کرنے میں لگانے تھے، وہ زُلف کو تلاش کرنے میں ہی کھوتے رہے.... اور پھر گوپال اپنے سالوں کے کھو جانے سے گھبرا گیا۔

"تم بھی اب ہماری طرح دیوالیہ پن کی درخواست دے دو یار۔" کالج کے پرانے دوستوں میں سے جب کوئی ملتا تو گوپال سے مذاق کرتا۔

عُمر کے اٹھارویں سال میں جوانی کے پاگل کُتّے نے گوپال کی ٹانگ کو کاٹا تھا اور زخم پر لگانے کے لئے گوپال ایک لال مرچ جیسی لڑکی تلاش کر رہا تھا، مگر اب عمر کے تیسویں سال میں اِس زخم کا زہر اس کے تمام جسم میں پھیلنا شروع ہو گیا تھا۔

اب گوپال سوچنے لگا تھا۔ وہ نہ غالب ہے نہ لورکا۔ وہ صرف گوپال ہے یا ایک ایشور داس یا ایک شیر سنگھ یا ایک اللہ رکھا۔ اور اُس نے سرنگوں ہو کر دیوالیہ ہونے کی درخواست دے دی۔

"کیوں یار۔ آج ڈوم لڑکی کے گھر بارات جائے گی یا خانہ بدوش کے گھر میں ؟"

"سُناؤ بھابی کیسی ہے ؟"

"اور کچھ نہیں تو ہم تمہاری لال مرچ کے دیور تو بن ہی جائینگے۔"

"بیشک سونے کی انگوٹھی کی بجائے ہیرے کی انگوٹھی ہی دینی پڑے بھابی کا گھونگھٹ ضرور اُٹھائیں گے۔"

گوپال اپنے دوستوں کے مذاق کو اپنے ہاتھ پر شادی کے لال ڈورے کی طرح باندھے جا رہا تھا اور ہنستا ہُوا کہتا جاتا تھا "ماسٹرنی ہے ماسٹرنی۔ عینک بھی لگاتی ہے تمہاری بھابی۔"

ماں نے جب رشتہ طے کیا تھا تو گوپال سے کہا تھا کہ اگر وہ چاہے تو کسی بہانے وہ لڑکی کو دکھا دے گی۔ مگر گوپال نے خود ہی انکار کر دیا تھا۔

"جب دیوالیہ ہی ہونے کی عرضی دینی ہے تو...."

ڈولی دروازہ پر آگئی۔

"خوبصورت ہے بہو۔ گھر کا سنگار ہے۔" اسے مونہہ دِکھائی کے روپے دیتے وقت گوپال کی طائی کہہ رہی تھی۔

اور گوپال سوچ رہا تھا۔ جب لوگ دروازے کے سامنے کوئی بھینس لا کر باندھتے ہیں تب بھی یہی بات کہتے ہیں۔ "بھینس تو گھر کا سنگار ہوتی ہے۔" اور جب لوگ ڈولی لیکر آتے ہیں تب بھی یہی بات کہتے ہیں "بہو تو

گھر کا سنگار ہوتی ہے" اور پھر بھینس اور بہو میں جو فرق ہوا وہ کہاں گیا؟ اور پھر گوپال خود ہی ہنس دیتا" یہ بھی وہی فرق ہے جو ایک عاشق اور ایک دولھا میں ہوتا ہے۔"

گوپال کی بیوی نہ اتنی خوبصورت تھی اور نہ ہی اتنی بدصورت۔ عام طور سے جیسی لڑکیاں ہوا کرتی ہیں۔ دیکھنے میں بس ٹھیک ہی لگتی تھی۔ اور گوپال کو نہ کوئی چاؤ تھا نہ کوئی شکایت۔ وہ قسم قسم کی پوشاک پہنتی مگر گوپال اُسے کبھی "رنگوں کا اشتہار" نہ کہتا تھا اور وہ سہاگ کی چوڑیاں اور جہیز کے کپڑے سب کچھ ایک ساتھ پہن لیتی۔ گوپال اُسے کبھی "زیورات کی دوکان" کا طعنہ نہ دیتا۔

آجکل گوپال کو جوانی کے شروع دنوں میں پڑھا ہوا ایک انگریزی ناول یاد آیا کرتا تھا۔ جس میں اپنے خوابوں کی لڑکی تلاش کرنے کے لئے شاعر عمر لگا دیتا ہے۔ مگر اُسے تلاش نہیں کر سکتا۔ اور پھر مرتے وقت اپنے بیٹے کو اپنے تمام تصوّر اور اپنی تمام لگن دیکر وصیّت کر جاتا ہے کہ وہ اِس قسم کی آنکھوں والی، اِس قسم کے ناک نقشے والی، اور اِس قسم کے بالوں والی لڑکی کو ضرور تلاش کرے، اور تمام عمر تلاش کرنے کے بعد اُس کا بیٹا مرتے وقت یہی بات اپنے بیٹے کو وصیّت کر جاتا ہے۔

"زُلف کو سر کرنے میں غالب نے تو صرف ایک ہی عُمر کا اندازہ لگایا تھا" مگر گوپال سوچتا" زندگی کی شکست، غالب کے اندازہ سے بہت بڑی ہے۔
اور آج کل گوپال سوچ رہا تھا، اُس کے گھر ایک لڑکا پیدا ہوگا ہو بہو

اُس کی شکل۔ ہو بہو اُس کا دِل۔ ہو بہو اس کے سپنے۔ اور پھر اُس کا لڑکا جوان ہو گا وہ ایک لال مرچ جیسی لڑکی ضرور تلاش کرے گا۔ اور پھر وہ تمام دُنیا کو اپنے بیٹے کی آنکھوں سے دیکھے گا۔

" آج میں برف والا پانی نہیں پیوں گی "۔ ایک روز گوپال کی بہو نے شکنجبین کا گلاس اپنی ساس کو واپس کرتے ہوئے کہا۔ اور ماں جب اُس کے لئے چائے بنانے رسوئی گھر میں گئی تو گوپال نے اپنی بہو سے ہلکا سا مذاق کیا " میں تمام مہینے سپنے جمع کرتا ہوں۔ اور تم مہینے کے آخر میں سارے سپنے توڑ دیتی ہو "

شائد انہیں الفاظ کا اثر تھا کہ اگلے مہینے گوپال کی بہو کو دِن لگ گئے اور گوپال کی باہوں میں جیسے ابھی سے اُس کا بیٹا کھیلنے لگا۔

" کھٹی یا نمکین چیز تو کبھی مانگتی ہی نہیں ہمیشہ ، کا دِل میٹھی چیزوں کے لئے مچلتا ہے۔ ضرور بیٹا ہوگا۔ تمہارے پیدا ہونے کے وقت مجھے بھی گُڑ کی کھیر اچھی لگتی تھی "۔ ماں جب کہتی گوپال کو لگتا اب تو اس کا بیٹا توتلی باتیں بھی کرنے لگ گیا ہے۔

یہ نو مہینے گوپال کو پچھلے نو سال کی طرح معلوم دِئے۔ اور پھر گھر میں گھی گُڑ اور اجوائن اِکٹھی ہونے لگی۔

کمرے کا دروازہ بند کیا ہُوا تھا۔ گوپال نے باہر برآمدے میں بیٹھ کر کاغذ قلم اور ایک کتاب اپنے سامنے اِس طرح رکھی ہوئی تھی جس سے دیکھنے والے

کو لگے گویا اُسے سر اُٹھانے کی فرصت نہیں تھی۔ مگر گوپال کتاب کا کبھی کوئی ورق اُلٹتا کبھی کوئی۔ اور پھر جو صفحہ سامنے آجاتا اُس کو ہی کاغذ پر نقل کرنے لگتا۔

دروازے کے پاس وہ جم کر بیٹھا ہوا تھا۔ اور اُس کے کان اندر کی آواز سُننے کے لئے کھڑے تھے اور گوپال انتظار کر رہا تھا۔ ابھی ابھی دائی کہے گی "لاکھ لاکھ مُبارکبادیاں، گوپال کی ماں .... یہ لو بیٹا ——"

ایک مرتبہ دائی باہر آئی بھی تھی۔ کہنے لگی۔ "بیٹا گوپال۔ ذرا جا کر تھوڑا سا شہد تو لا دے۔ دیکھ کر لانا۔ شہد نیا ہو۔"

گوپال وہاں سے جانا نہیں چاہتا تھا کیا پتہ اُس کے پیچھے .... جلدی ہی کچھ ہو جائے .... میں اُس کی پہلی آواز سُنوں گا۔ یہ سوچکر اُس نے دائی کو ڈانٹا۔ "شہد کی یاد اب تمہیں آئی ہے۔ یہ تمام کام پڑا ہوا ہے میرے سامنے۔ کل مجھے یہ کام دفتر میں دینا ہے۔"

"تم مردوں کو تو اپنے کام کی ہی پڑی رہتی ہے۔ آخر بوڑھی عمر ہے کبھی باتیں بھول جاتی ہوں۔"

دائی یہ کہہ ہی رہی تھی کہ گوپال کی ماں نے مُشکل حل کر دی۔ کہنے لگی —— "ہمارے یہاں کبھی کسی نے شہد وہد نہیں دیا۔ ہم تو اُنگلی پر تھوڑا سا گڑ لگا کر مونہہ میں ڈال دیتے ہیں۔"

"اچھا گڑ ہی سہی۔" اور دائی اندر چلی گئی تھی۔

گوپال کے کان پھر دروازے کی طرف لگے ہوئے تھے۔ اور اچانک بچے کی رونے کی آواز آئی۔ گوپال کا سانس جیسے کسی نے ہاتھ میں پکڑ لیا ہو۔ وہ نہ نیچے

آرہا تھا اور نہ اُوپر جا رہا تھا —— اور ابھی تک دائی کی آواز نہیں آئی تھی۔ اُسے بچّے کی آواز کی نسبت دائی کی آواز کا زیادہ انتظار تھا۔

اور پھر دائی کی آواز آئی "لڑکی"

گوپال کی کُرسی کانپ گئی۔ اُس کی ماں شاید پانی یا تولیہ لینے باہر آئی ہوئی تھی۔ گوپال کے ہونٹ کانپے "ماں لڑکی"

"نہیں بیٹا نہیں، تُو بھی پاگل ہے۔ دائیاں یہی کہتی ہیں۔ اگر یہ کہہ دیں کہ بیٹا ہُوا ہے تو زیادہ خوشی کی وجہ سے بہو کی جان کا خطرہ ہے۔" اور جلدی جلدی اندر چلی گئی۔ گوپال کی کُرسی اب پہلے کی نسبت اِتنی نہیں کانپ رہی تھی۔ مگر پھر بھی گوپال نے اُسے دیوار کے سہارے لگا دیا تھا۔ "بیٹی ہو یا بیٹا۔ جو بھی ہو قسمت والا ہو۔" دائی کی آواز آئی۔

"بیٹی تو لکشمی ہوتی ہے۔ اِس مرتبہ بیٹی تو دُوسرے سال بیٹا۔" ماں دائی سے کہہ رہی تھی۔

"لڑکی ہے کہ ریشم کا دھاگا ہے . . . . ." ماں کہہ رہی تھی یا دائی کہہ رہی تھی۔ اِس مرتبہ گوپال سے آواز نہیں پہچانی گئی۔ اُس کی کُرسی کانپی اور کُرسی کی وجہ سے ساری دیوار ہِل گئی۔ اُسے محسوس ہوا وہ بُوڑھا ہو گیا تھا۔ لالہ گوپال داس اور اُس کی بیوی اپنے گھُٹنوں کو دباتی ہوئی کہہ رہی تھی "لڑکی اِتنی بڑی ہو گئی ہے۔ کوئی لڑکا دیکھو نا۔ کہاں چھپاؤں اِس آنچل کی آگ کو؟ ایسا رُوپ . . . . اُوپر سے زمانہ بُرا ہے۔"

اور پھر جیسے اُس کے دروازے پر بارات آ گئی۔ اُس کے داماد

نے اُس کے پاؤں چھُوئے۔ اُس کی بیٹی لال کپڑوں میں لپٹی ہوئی تھی۔ وہ ڈُولی کے پاس جاکر اُسے دِلاسہ دینے لگا۔۔۔۔ اُس کی بیٹی ۔۔۔۔ بالکل لال مرچ ۔۔۔۔

لال مرچ ۔۔۔۔ لڑکی ۔۔۔۔ لال مرچ ۔۔۔۔ اور گوپال کو محسوس ہُوا آج ۔۔۔ آج کسی نے مرچیں اُٹھا کر اُس کی آنکھوں میں جھونک دی تھیں۔

―――――

تجارت کا سوال

بندو کی ماں اپنے پیار کی شدّت کو ظاہر کرنے کے لئے ہمیشہ اُسے "بندی" کے نام سے پکارا کرتی تھی۔ بندو کے ماتھے پر اُس کے تراشے ہوئے بال ایک جھالر کی شکل میں ہلتے رہتے تھے۔ اور اُس کی موٹی موٹی آنکھوں پر پلکوں کے لمبے لمبے بال چھوٹی چھوٹی جھالریں بن جایا کرتے تھے۔ اِن سیاہ جھالروں میں اُس کا گورا چِٹا رنگ اور بھی کِھل اُٹھتا تھا اور ہونٹوں کا سُرخ رنگ اور گہرا سُرخ دکھائی دینے لگتا تھا۔

بندو کی ہم جماعت لڑکیاں ابھی جمع تفریق کے سوالوں تک ہی پہنچی تھیں کہ وہ ضرب کے سوال حل کرنے لگی۔ اگلی جماعت میں پہنچ کر جب وہ ضرب کے سوال حل کرنے لگیں تو بندو تقسیم کے سوالوں کی مُشکل منزلوں میں سے گزر رہی تھی۔ اور پھر جب اُن کے ناپختہ ذہن تقسیم کے سوالوں کے ساتھ

زور آزمائی کرنے لگے تو بِندو بٹوں کے سوالوں میں مہارت حاصل کر چکی تھی۔ اپنی محنت اور قابلیت کی وجہ سے وہ ہر جماعت میں اُستانیوں کی منظورِ نظر بنی رہی تھی اور محبّت کے جذبے کے تحت اُستانیاں بھی اُسے ''بِندو'' کی بجائے ''بِندی'' کے نام سے پُکارنے لگی تھیں۔

سُریندر بِندو کے مکان کے بالکل سامنے والے مکان میں رہا کرتا تھا۔ عمر میں وہ بندو سے تین چار سال بڑا تھا۔ دونوں گھروں میں کوئی خاص راہ و ربط نہ تھا۔ معمولی پڑوسیوں کے سے تعلقات تھے۔ ایک دِن سُریندر کی والدہ اُس کی ماں کے ساتھ باتیں کرتے کرتے ایک دم بِندو سے کہنے لگی

''بیٹی تم ہمارے ہاں کبھی نہیں آتیں کبھی کوئی سوال وغیرہ سمجھنا ہو تو ہمارے ''سِندی'' سے پُوچھ لیا کرو۔ ہمارا سندی حِساب میں بہت ہوشیار ہے۔''

سُریندر کی والدہ کی یہ بات بِندو کے دِل میں گھر کر گئی۔ وہ اپنے مکان کی کھڑکی میں سے بجلی کی روشنی میں بیٹھے ہوئے سُریندر کو دیکھتی رہتی بار بار اُس کے ذہن میں یہ خیال اُبھرتا۔

''کاش بٹوں کا یہ سوال غلط ہو جائے تاکہ میں اپنی کاپی لے کر سُریندر سے اس کا صحیح حل سمجھنے جا سکوں۔''

بِندو اپنے سوال انتہائی لاپرواہی سے حل کرتی۔ اِس غفلت کے باوجود جب وہ اپنا جواب حساب کی کتاب کے جواب کے ساتھ مِلاتی تو ہر

مرتبہ اس کا جواب صحیح نکلتا۔ جھنجھلاہٹ میں وہ کاپی اور پنسل میز پر پٹخ دیتی۔

وقت گزرتا گیا۔ نہ ہی کبھی بندو کے سوالوں کے جواب غلط ہوئے اور نہ ہی وہ اپنی کاپی سُریندر کے سامنے رکھ سکی۔ ایک روز اُس نے سُنا کہ سُریندر کی ٹانگ میں کھیلتے کھیلتے چوٹ آئی ہے۔ سُریندر کی ٹانگ سے لگاتار خون بہے جا رہا تھا۔ صُبح سے دو ڈاکٹر سُریندر کی ٹانگ کا معائنہ کر چکے تھے بندو کی والدہ بھی سُریندر کے گھر مزاج پُرسی کے لئے ہو آئی تھی۔ بندو چاہتی تھی کہ وہ بھی جا کر ایک نظر سُریندر کو دیکھ آئے۔ لیکن اُس کی والدہ نے اُس سے ساتھ چلنے کے لئے پوچھا تک نہیں۔ اگلے روز اُسے پتہ چلا کہ سُریندر کی ٹانگ میں شیشے کا ٹکڑا چُبھ گیا ہے۔ اُسے نکلوانے کے لئے سُریندر کو ہسپتال میں داخل کرانا ہوگا۔

"چاند ایسا خوبصورت لڑکا ہے۔ ایشور نہ کرے اُس کے جسم میں کوئی کجی آئے۔" ایک ہفتہ تک بندو کے گھر اور پڑوس میں ایسی باتیں ہوتی رہیں۔ اور پھر سُریندر ہسپتال سے واپس گھر آ گیا۔ بندو اپنے مکان کی کھڑکی میں سے پھر اُسے دیکھنے لگی۔ کبھی سُریندر کی ماں اُسے دوائی پلاتی ہوئی نظر آتی۔ کبھی دُودھ۔ اور کبھی آہستہ آہستہ سُریندر کی ٹانگ کی مالش کرتی دکھائی دیتی۔ سُریندر سارا دن ساری رات کمبل اوڑھے چارپائی پر لیٹا رہتا۔

کچھ عرصہ بعد سُریندر کی پٹی کھول دی گئی۔ اب وہ بستر سے اُٹھ کر کمرے میں اِدھر اُدھر تھوڑا بہت گھومنے بھی لگ گیا تھا۔ بندو نے کھڑکی میں سے دیکھا کہ سُریندر کی بائیں ٹانگ قدرے لنگڑاتی ہے۔ اس حالت میں اُس کے لئے سکول جانا ممکن نہ تھا۔ ماسٹر گھر پر آ کر اُسے پڑھانے لگا۔ لگاتار

کئی کئی گھنٹے وہ اپنے بستر میں لیٹا ہوا پڑھتا رہتا تھا۔ بِندو نے سُنا کہ سُرِیندر کی ٹانگ کی کجی فی الحال کئی سال تک دور نہ ہوگی۔ جوں جوں جسم میں طاقت بھرتی جائے گی، اُس کی ٹانگ ٹھیک ہوتی جائے گی۔

بِندو سکول میں اب تجارت کے سوال کر رہی تھی پتہ نہیں کیا ہو گیا تھا اُسے، انتہائی کوشش اور پوری توجہ کے باوجود اُس کے ہر سوال کا جواب غلط ہو جاتا تھا۔ وہ دوسری بار کوشش کرتی۔ مگر پھر بھی صحیح جواب نہ آتا۔ آخر ایک دن اُس نے اپنی ماں سے پوچھ ہی لیا " ماتا جی اگر آپ کہیں تو میں سُرِیندر سے سوال سمجھ آیا کروں۔"

سُرِیندر کا سکول جانا، کھیلنا کُودنا، غرضیکہ ہر قسم کی مصروفیات بند تھیں۔ بستر میں لیٹ کر متواتر کئی کئی گھنٹے پڑھتے رہنا اُس کا واحد شغل رہ گیا تھا۔ بِندو کا اُس کے پاس سوال سمجھنے کے لئے آنا سُرِیندر کی محدود زِندگی میں ایک نئی وسعت پیدا کرنے کا مترادف تھا۔

بِندو اس وقت کا انتظار نہایت بے تابی سے کرتی جب وہ سُرِیندر کے پاس پڑھنے جاتی تھی، سُرِیندر بھی سارا دن اُس کی راہ تکتا رہتا تھا۔ عمروں میں اضافے کے ساتھ ساتھ اُن کے انتظار میں بھی اضافہ ہوتا گیا۔

بِندو کی پیشانی سے اب بچپن کی یادگار تراشیدہ بالوں کی جھالر اُتر چکی تھی۔ اُس کے بال اب کافی لمبے ہو گئے تھے۔ اس کی کالی جھالر کی جگہ اس کے ماتھے پر جوانی کے جذبات کی ریشمی جھالر لہرا اُٹھی تھی جوانی

نے اُس کے حُسن میں نیا رنگ بھرنا شروع کر دیا تھا۔ ماں اب بھی پیار سے اُسے ''بندی'' کہہ کر پکارا کرتی تھی۔ سکول کی استانیاں بھی ابھی تک اِس پیار بھرے نام ہی سے اُسے بلاتیں۔ لیکن پتہ نہیں سُریندر کے ہونٹ اس سادہ سے لفظ میں کہاں سے اِتنی مٹھاس بھر دیتے تھے۔ جب بندو اُس کے مُنہ سے ''بندی'' کا لفظ سُنتی تو اُسے اپنی رُوح میں ایک شہد سا گُھلتا محسوس ہوتا۔

پیار کے اِس خوشگوار اور میٹھے ماحول میں ڈوبے ہوئے سُریندر اور بندو نے سُنا کہ بندو کی شادی ہونے والی ہے۔ بندو کے ماں باپ نے اُس کے لیئے ایک نہایت لائق اور خوبصورت دُولہا پسند کیا تھا۔ یہ خبر سُنکر سُریندر نے اپنی آنکھوں سے بہہ رہے آنسوؤں کی پروا نہ کرتے ہوئے بندو کے آنسو اپنے ہونٹوں سے چُوم کر کہا۔ ''بندی جاؤ۔ آخر میرے پاس تمہیں خوش رکھنے کے لیئے رکھا ہی کیا ہے۔ میں ایک اپاہج ہوں میری یہ ٹوٹی ہوئی ٹانگ شائد کبھی بھی ٹھیک نہ ہوگی۔ مجھ سے تو اپنا بوجھ بھی نہیں اُٹھایا جا رہا۔ تمہارا بوجھ کیسے برداشت کر سکتا ہوں۔ میرے جیسا اپاہج تمہیں کیا کھلائے گا۔ میری خواہش یہ ہے کہ تم شادی کر لو۔ اور اپنی زندگی آرام اور چین سے گزار دو۔''

ہچکیوں اور آنسوؤں کے ہجوم میں گھری ہوئی بندو کے گلے سے بمشکل تمام یہ الفاظ ٹوٹ ٹوٹ کر نِکلے ''سندی .... نہیں نہیں .... سندی۔ مجھے یہ تجارت کا سوال نہیں آتا۔ ... نہیں آتا۔''

بِندو کی بارات آگئی ۔ مگر بِندو اور سُریندر دونوں غائب تھے ۔ شادی کے گیت گا رہی ڈھولک ایک دم پَھٹ گئی ۔ حلوائیوں کی بھٹیوں پر یاس کا پانی پھر گیا اور بِندو کی ماں کا آنچل اُس کے آنسوؤں کی آگ میں جَل اُٹھا ۔

بِندو ماں بننے والی تھی ۔ سُریندر شہر میں ایک صابن بنانے والے کارخانے میں ملازم تھا ۔ اُنہوں نے ایک تنگ و تاریک مکان کرائے پر لے رکھا تھا ۔ مگر بِندو کے حسن کی تابانی اور فراخ دِلی نے اُس مکان کو لا محدود وسعت اور بے پناہ اُجالا بخش دیا تھا ۔

کبھی کبھی بِندو سُریندر سے محبت بھرا اصرار کرتی ہوئی کہتی ۔

"میرے ساتھ چار پھیرے تو لے لو ، میرے ماتھے پر اپنے ہاتھوں سے سُہاگ کی بِندی تو لگا دو نہیں تو یہ لوگ مجھے رکھیلی کہیں گے ، کوئی بھی مجھے تمہاری بیوی ماننے کے لئے تیار نہ ہوگا ۔۔۔۔ اور اب ۔۔۔۔ اب تو ۔۔۔۔ "

سُریندر اس آدھی بات کا مطلب خُوب سمجھتا تھا ، جو بِندو کے جسم میں روز بروز بڑھتا جا رہا تھا ۔ ساری بات کو سمجھتے ہوئے بھی نہ جانے کیوں وہ بِندو کے سوال کو ہر بار ٹال جاتا تھا ۔ اپنے دِل کی ڈھارس بندھانے کے لئے بِندو خود ہی کہتی

"اچھا سندی .... اپنی پیشانی بھی میں خود ہی ہُوں اور اپنی بِندی بھی .... جیسے تم خوش ہو سکتے ہو اسی میں میری خوشی ہے۔"

پھر ایک خوشگوار تبدیلی رُونما ہُوئی۔ سُریندر نے ایک کُھلا ہُوا دار مکان کرایہ پر لے لیا۔ ہر روز کوئی نہ کوئی گھریلو ضرورت کی چیز گھر آنے لگی۔ بازار میں چیزوں کی قیمتیں ناقابل برداشت حد تک چڑھی ہوئی تھیں۔ اور ہر روز چڑھ رہی تھیں۔ پھر بھی وہ ہر روز کوئی نہ کوئی نئی چیز خرید لاتا تھا۔ بندو حیران تھی۔ جب بھی اُس نے سُریندر سے اِس معاملے میں بات کی تو وہ ہمیشہ ہنس کر کہا کرتا تھا۔

"میرے کام اور ایمانداری سے خوش ہو کر سیٹھ نے میری تنخواہ بڑھا دی ہے۔ تنخواہ کے علاوہ کارخانے میں میرا حِصّہ بھی ہے۔ اب سب لوگ مجھے "چھوٹے شاہ جی" کے نام سے پُکارتے ہیں۔"

بِندو یہ جواب سُن کر خوش ہو جاتی اور سوچتی

"کیا واقعی ہماری قسمت پلٹ چُکی ہے۔"

مگر بندو کو یہ حیرانی تھی کہ جب اُس نے اپنا دِل کھول کر سُریندر سے محبّت کی ہے تو پھر اُس کے دِل میں گھبراہٹ سی کیوں پیدا ہو رہی تھی۔ سُریندر پہلے بڑی نرم نرم باتیں کیا کرتا تھا۔ اب اِن باتوں میں ایک تناؤ سا کیوں محسوس ہو رہا تھا۔

بِندو کے ہاں لڑکا پیدا ہُوا۔ اُس کی شکل ہو بہو سُریندر سے ملتی تھی۔ بچّے کو دیکھ دیکھ کر بندو سوچا کرتی "اپنی شکل کی سب دِل فریبی ،

سب خوبصورتی اپنے بیٹے کو سونپ کر اب خود مجھ سے پرے ہٹتے جا رہے ہو" دل کے دامن کو وہ جس قدر مضبوطی سے اپنے ہاتھوں میں تھامنے کی کوشش کرتی، اتنی ہی تیزی سے وہ اُس سے چھوٹتا جا رہا تھا۔

بچے کا نام رکھنے کی رسم سُریندر نے خوب دُھوم دھام سے منائی ایک نہایت ہی پُرتکلّف اور وسیع پیمانے کی دعوت دی گئی۔ جس میں اُس کے کارخانے کے سب ساتھی اور دیگر بہت سے احباب نے شرکت کی۔ اس موقعہ پر لکھنؤ کی ایک مشہور گانے والی طوائف بھی بلائی گئی۔ بندو نے کہیں سے یہ سُن رکھا تھا کہ سُریندر اِن دِنوں شہر کی ایک گانے والی کے کوٹھے پر اکثر آتا جاتا ہے۔ بندو کے دِل میں شُبہ پیدا ہُوا کہ ہو نہ ہو یہ گانے والی لکھنؤ کی نہیں بلکہ وہی طوائف ہے۔ اور یہ دعوت کا سارا اڈمبر صرف اُسے گھر پر بُلانے کے لئے رچا گیا ہے۔ بندو نے اپنے اِس شُبہ کو ظاہر نہ کیا۔

تین گھنٹے مردانہ میں مہمانوں اور صاحبِ خانہ کی طبیعت خوش کرنے کے بعد جب گانے والی جانے لگی تو گھر کی مالکہ کو، سُریندر کے بیٹے کی ماں کو سلام کرنے کے لئے بندو کے پاس آئی۔ بندو نے بٹوے میں سے پچاس روپے نکال کر اسے بطور انعام دینا چاہے۔ وہ روپے لوٹاتی ہوئی کہنے لگی۔

"آپ کیوں خواہ مخواہ تکلیف فرما رہی ہیں۔ اِس گھر کا دِیا تو میں روز ہی کھاتی ہوں۔ شاہ جی ہر روز کچھ نہ کچھ دے ہی آتے ہیں۔"

گانے والی کے یہ الفاظ بندو کے احساس خودداری پر پتھر کی طرح

پڑے، اور وہ دل ہی دل میں سوچنے لگی "تو جو افواہیں میں نے سنی تھیں وہ سچ نکلیں .... یہ دعوت میرے بچے کی خوشی میں نہیں .... یہ صرف اُس ....." مگر بندو اپنے دل کی ٹیس کو دبا کر اور اپنا سر بلند کر کے کہنے لگی۔

"رکھ بھی لو بنّو، شاہ جی تو تمہیں ہر روز روپے دیتے رہتے ہیں، مگر میرے ہاتھوں سے کب کب ملیں گے۔" اور پھر اُس نے نوٹ ردّی کاغذ ول کی طرح مسل کر گانے والی کے دامن میں پھینک دیئے۔

مہمان رخصت ہو گئے، سُر بیندر اندر آیا، بندو کے ضبط کا باندھ ٹوٹ گیا۔ اُس کی گود میں سر رکھ کر اُس نے روتے ہوئے پوچھا "سندی میرے سندی۔ تم میرے ساتھ یہ کیا کر رہے ہو؟"

"آخر تمہیں کس بات کی کمی ہے تمام گھر تمہارا ہے، تم ایک بیٹے کی ماں ہو۔ دنیا کے تمام سُکھ میں تمہارے قدموں میں لا کر ڈال دیتا ہوں۔ تمہیں اور کیا چاہیئے؟"

سُر بیندر نے خالص تاجرانہ لہجے میں اُس کے آنسوؤں کا جواب دیا۔ بندو کے آنسوؤں کی رفتار اور تیز ہو گئی۔

"تمہیں کھو کر ان دنیاوی سُکھوں کا میں کیا کروں گی۔ سندی تم جانتے ہو کہ تجارت کا سوال میں کبھی ٹھیک حل نہیں کر سکی۔ یہ مجھے نہیں آتا .... نہیں آتا۔"

چند ماہ بعد کارخانے کے ایک آدمی نے بندو کو آکر بتایا کہ سیٹھ نے سُریندر کو غبن کے الزام میں گرفتار کرا دیا ہے۔ پچھلے کافی عرصہ سے سیاہ بختی کے جو کالے سائے بندو کے گورے چہرے پر اپنی پرچھائیاں ڈال رہے تھے۔ آج وہ اُسے چیل کی طرح جھپٹتے ہوئے محسوس ہوئے۔ وہ ان پرچھائیوں سے ڈر رہی تھی۔ لیکن اس اچانک حملے نے اس کی فطری کمزوری کو غصّے میں تبدیل کر دیا۔ وہ سیاہ بختی کے ان کالے پروں کو اپنے دونوں ہاتھوں سے مروڑ کر ان کی قوتِ پرواز ہمیشہ ہمیشہ کے لئے ختم کرنا چاہتی تھی۔ اِسی جوش کی حالت میں وہ کارخانے کے مالک سیٹھ کے پاس جا پہنچی۔ اور اس سے سُریندر سے ملنے کی درخواست کی۔ سیٹھ نے پولیس سے کہہ کر سُریندر سے اُس کی مُلاقات کا انتظام کرا دیا۔

بندو جانتی تھی سُریندر گناہ گار ہے۔ اُس نے غبن کیا ہے۔ مگر پھر بھی نہ جانے کیوں وہ ایک بار اُس کے مونہہ سے اس کا اقبالِ جُرم سُننا چاہتی تھی۔ سُریندر کی حالت پر کٹے پرندے کی طرح تھی۔ ندامت کے احساس نے اُسے گردن جُھکانے پر مجبور کیا ہوا تھا۔ اُس نے اپنے تمام گُناہوں کا اعتراف کر لیا۔ اور پھر ایک جھٹکے کے ساتھ اپنی گردن اُٹھا کر کہنے لگا۔

"بندی میرا خیال چھوڑ دو۔ میں اپنا انجام جانتا ہُوں۔ جاؤ۔ . . . جس قدر روپیہ تم اپنے ساتھ لے جا سکتی ہو لے جاؤ۔ . . . دُور۔ یہاں سے بہت دُور۔ . . . مجھے اپنی موت مرنے دو . . . ."

بندو کے دل میں جذبات کا طوفان اُٹھ رہا تھا۔ وہ سُریندر سے بہت کچھ کہنا چاہتی تھی۔ لیکن اُس نے کچھ نہ کہا۔ حوالات سے اُٹھ کر سیدھی وہ کارخانے میں آئی اور سیٹھ جی کے پاؤں پر سر رکھ کر روتے ہوئے کہنے لگی۔

"سیٹھ جی اپنا تمام روپیہ واپس لے لو۔ میرے بھرے گھر میں تالا لگا دو میں اِن ہی تین کپڑوں میں شہر سے نکل جاؤں گی۔ مگر ایشور کے لئے میرے سُریندر کو رہائی دِلوا دو.... کسی طرح اُسے چُھڑا دو.... مجھ پر ترس کھاؤ سیٹھ جی...."

سیٹھ کی مکروہ ہنسی نے بندو کے دِماغ کو ماؤف کر دیا۔ اُس کے ماتھے پر پسینے کے موٹے موٹے قطرے نمودار ہوئے اور اُس کا سارا جسم لرزنے لگا.... کمرہ گھوم گیا.... اور.... اور پھر اُسے کچھ پتہ نہ رہا کہ وہ کہاں ہے.... ....

جب اُسے ہوش آیا تو اُسے محسوس ہوا جیسے کمرہ میں شراب کی لہریں اُبھر رہی ہوں، جن میں وہ ڈُوبی جا رہی تھی۔ پاس ہی کھڑا ہوا سیٹھ اُسے ایک بھیانک کالا دیو لگ رہا تھا۔ مگر اُس کالے دیو نے اس کے سُریندر کو اپنی قید سے رہا کرنے کا وعدہ کر لیا تھا۔ بندی اِس وعدے پر اپنی تمام زندگی نچھاور کرنے کو آمادہ تھی۔ اُس نے شراب کی بڑھتی ہوئی لہروں اور سیٹھ کے بڑھتے ہوئے بازوؤں میں اپنے آپکو غرق ہو جانے دِیا۔

رات اپنی گردن جُھکائے، اپنے چہرے پر سیاہ ماتمی نقاب اوڑھے چلی گئی۔ دِن کی سفید روشنی میں بِندو نے دیکھا کہ سُریندر حوالات سے چھُوٹ کر

اُس کے پاس آگیا ہے۔ اور اُس کے بُخار کی گرمی میں جلتے ہوئے ماتھے پر برف کی پٹّیاں رکھ رہا ہے۔

سیٹھ نے سُریندر کے خلاف غبن کا مقدمہ واپس لے لیا۔ بندو کے جسم کے علاوہ اُن کے گھر کا کُل سامان اور سُریندر کی نوکری بھی سیٹھ نے اپنے ہر جانے کے طور پر اُن سے وصُول کر لی۔ سُریندر اور بندو وہ شہر چھوڑ کر دُوسرے شہر میں جا بسے۔ مگر بندو کے مقدّر کی تاریکی وقت کے ساتھ ساتھ کم ہونے کی بجائے اور گہری ہوتی گئی۔ سُریندر اُس کے نام ایک خط لکھ کر خود نہ جانے کہاں چلا گیا۔ خط میں لکھا تھا۔

"تم اگر اپنے۔ لیے نہیں تو کم از کم اس معصوم اور خوبصورت بچّے کی جان بچانے کے لئے ہی واپس اپنے ماں باپ کا دروازہ کھٹکھٹاؤ۔ میں کِسی اور شہر میں قسمت آزمانے جا رہا ہُوں۔ اگر زندہ رہا تو ضرُور واپس آؤں گا۔ اب .... کچھ نہیں کہہ سکتا۔"

یہ خط پڑھ کر بندو نے اپنے دِل کے آئینے میں جھانکا۔ وہ حیران تھی کہ سُریندر کی شخصیت کا وہ کون سا دھاگا تھا جسے تھامتے ہوئے اُس نے ماں باپ سے، ساری دُنیا سے اپنا رشتہ منقطع کر لیا تھا۔ اب اس موہوم سے دھاگے کے ٹُوٹ جانے پر وہ کس مونہہ سے واپس اُن کے پاس جا سکتی ہے۔ لیکن پھر اُسے اپنے بچّے کی بھولی بھالی شکل میں اس کا ایک نیا دولھا نظر آیا۔ اپنی محبت کے ٹُوٹے ہوئے دھاگے کی اُس نے اُس نئے

دھاگے کے ساتھ گرہ لگائی۔ اور اس گرہ شدہ دھاگے میں بندھی ہوئی وہ ماں باپ کے دروازے تک پہنچ گئی۔

ماں کے جسم میں سُلگ رہی انتڑیوں سے ابھی تک دُھواں اُٹھ رہا تھا۔ وہ بندو کو اپنی رُوح کی تمام تر جلن اور کوفت کے ساتھ کوس بھی نہ پائی تھی کہ بندو کی زندگی میں اماوس کی رات سے بھی زیادہ سیاہ دن آگیا۔ اُس کا بچّہ بیمار ہوگیا۔ بندو کے غم واندوہ میں ڈُوبے ہوئے سینے کا دُودھ بچّے کے نازک جسم میں داخل ہوتا رہا تھا۔ ایسے زہریلے دُودھ کو پی کر بچّے کا تندرست رہنا ناُممکن تھا۔ اور آخر اُس کلی نے پھُول بننے سے بہت عرصہ پہلے ہی ہسپتال میں سِسک سِسک کر اپنی جان دے دی۔

بچّے کی موت کے بعد، اُس بچّے کی موت کے بعد جس کی شکل میں سریندر اپنے بچپن کی تمام معصومیت اور خوبصورتی کے ساتھ موجود تھا۔ بندو کے لئے زندگی میں کوئی دِلچسپی باقی نہ رہی۔ مگر موت بھی تو اتنی ہی بے مقصد تھی جتنی زِندگی۔ اِس تیرہ و تار دوراہے پر کھڑی بندو نے زِندگی کا ایک تیسرا راستہ دیکھا۔ ہسپتال میں اُس کے بچّے جیسے دُوسرے بچّے بھی تھے جو اپنے نازک نازک اعضا کے ساتھ موت کے خلاف جدوجہد میں مصرُوف تھے۔ بندو کو اُن میں اپنے بچّے کی شکل نظر آنے لگی۔ وہ دیوانیوں کی طرح اُن کے چہروں کو تکتی رہی۔ اور پھر چند روز بعد بندو اپنے سیاہ مقدر کو نرس کے سفید لباس کے ذریعے چمکانے کی کوشش کرتی ہوئی دِکھائی دی۔

سُریندر کے ساتھ بھاگتے ہُوئے بندو نے اپنے ماں باپ کا گھر

رات کے اندھیرے میں، چھپ کر، چوری چوری چھوڑا تھا۔ مگر نرس کا سفید لباس زیب تن کرنے کے لئے اندھیرے میں چوری سے بھاگنے کی ضرورت نہ تھی۔ ہسپتال کی میٹرن نے اُسے اپنے گھر میں جگہ دے دی۔ اور اُس نے اپنے دِن، اپنی نیندیں، اپنی راتیں، اپنے خواب سب کچھ مریضوں کو سونپ دیا۔

سال گزرتے گئے۔ بِندو کے لئے زندگی کا مقصد ایک مرتبہ ختم ہو چکا تھا لیکن جب وہ دُوسروں کے لئے جینے کے راز سے واقف ہوئی تو اُس کی زندگی دوبارہ معنی آفرین بن گئی۔ بِندو کے خلوص، محبت سے بھرے ہوئے رویّے نے اُسے مریضوں میں نہایت ہر دل عزیز بنا دیا۔ اُسے دیکھنے میں اُن کے چہروں پر آس اور صحت کی منور کرنیں رقص کرنے لگتیں۔

ہاں .... جس روز بِندو کے بھائی نے اُسے اخبار سے پڑھ کر یہ خبر سُنائی کہ کان پور میں پولیس نے ایک مکان سے جعلی سِکّے بنانے والا گروہ گرفتار کیا ہے۔ ان کا سرغنہ سریندر بھی گرفتار کر لیا گیا ہے۔ اُس دِن مریضوں نے دیکھا کہ تھرمامیٹر لگاتے وقت بِندو کے ہاتھ بیدِ مجنوں کی طرح کانپ رہے تھے۔

میٹرن جس کی وساطت سے بِندو نے زندگی کی کھوئی ہوئی خوبصورتی دوبارہ حاصل کی تھی۔ ایک بردبار، نیک سیرت با محبّت مسیحی خاتون تھی بِندو کے کانپتے ہاتھوں کو اُس نے گورے گورے نرم و نازک ہاتھوں میں لے کر خداوند کریم سے دُعا مانگی کہ وہ اپنے بیٹے کی محبت کو مدِّ نظر رکھتے ہوئے اس دُکھیاری کے دِل کو سکون کامل عطا فرمائے۔ میٹرن کے خلوص اور ایمان

پرستی نے بندو کے رجحان کو بھی خدا کی عبادت کی طرف راغب کیا۔ بندو جب ایک مریض کی چارپائی سے چل کر دُوسرے کی چارپائی کی طرف جاتی تو پہلے مریض کو یوں محسوس ہوتا جیسے وہ نہ صرف بیماری اور دُکھ کے کانٹے چُن کر لے گئی ہے، بلکہ صحت اور مسرّت کے خوبصورت پھول بھی بانٹ گئی ہے۔

ایک رات بندو ڈیوٹی ختم کر کے جب گھر لوٹی تو اُس نے دیکھا کہ ایک آدمی اُس کے دروازے کا سہارا لیے بیٹھا ہے۔ ٹارچ جلا کر دیکھنے کے باوجود وہ اُسے پہچاننے سے قاصر رہی۔ اِس ہڈیوں کے ڈھانچے پر کھال کی باریک سی تہہ کے علاوہ گوشت کا نام و نشان تک نہ تھا۔ اُس نے ایک پھٹا پُرانا میلا سا کمبل اوڑھ رکھا تھا۔

ٹارچ کی تیز روشنی نے اُس کی بند آنکھوں کو کھُلنے پر مجبور کر دیا۔ اور "بندی" کہہ کر اس کے تھرکتے ہوئے ہونٹ پھر بند ہو گئے۔

"بندی"، اِس مختصر سے لفظ نے بندی کی رُوح کو جھنجھوڑ ڈالا۔ یہ لفظ جیسے اُس کے کانوں میں جم کر رہ گیا ہو۔ اس لفظ میں خدا جانے رُوحوں کی کون سی مشترک خاصیتیں ڈھلی ہُوئی تھیں۔ بندو کو یُوں محسوس ہوا کہ یہ اشتراک اس کے رُوئیں رُوئیں میں جم گیا ہے۔ وہ جہاں کھڑی تھی، وہیں کھڑی رہ گئی۔

"بندی.... بندی.... بندی" حالانکہ سُریندر کی آنکھیں اور ہونٹ بند تھے لیکن پھر بھی اس کا کہا ہُوا ایک لفظ بار بار بندو کے ذہن سے ٹکرا رہا تھا۔ جس نے بندو کے اعضا میں یہ سویا ہُوا اشتراک جگا دیا تھا۔

وہ آواز اُس کے کانوں میں پگھلتے ہوئے سیسے کی طرح ڈھلنے لگی۔ پھر کسی غیبی قوت نے اُس کے مفلوج اعضا میں حرکت پیدا کی۔ اُس نے سُربندر کو سہارا دیکر اُٹھایا۔ کمزوری کی وجہ سے سُریندر کی ٹانگ کا نقص پھر اُبھر آیا تھا سہارے کے بغیر اس کے لئے ایک قدم بھی چلنا دُوبھر تھا۔ بندو نے اُس کا سُوکھا ہُوا ہاتھ اپنے کندھے پر رکھ لیا اور دُوسرے ہاتھ سے اُس کی کمر کو سہارا دیکر آہستہ آہستہ اُسے کمرے میں لے آئی۔ چارپائی پر لیٹتے ہی سُریندر نے بندو کا ہاتھ اپنی روتی ہوئی آنکھوں پر رکھ لیا۔

"لوگ کہتے ہیں اب تمہاری رُوح کو سکون مِل گیا ہے۔ میں پھر تمہیں دُکھی کرنے کے لئے آگیا ہُوں لیکن تم ہی بتاؤ، میں اور کہاں جاؤں۔ اب اور کسی دروازے پر تو مجھے موت بھی نہ آئے گی بندی۔"

بندی کو یوں محسوس ہُوا جیسے اُن کی دونوں کی عمروں میں ایک دم کمی واقع ہوگئی ہو۔ اُس کے سامنے سُربندر چارپائی پر لیٹا ہُوا پندرہ برس کا لڑکا بن گیا۔ جس کی ٹانگ پر پٹی بندھی ہوئی تھی۔ اور خود وہ بارہ برس کی "بندی"، جو سریندر سے کہہ رہی ہو

"مجھے تجارت کا سوال نہیں آتا۔"

اور پھر جب ننھے ہاتھوں سے کاپی سُریندر کے سامنے رکھنے لگی تو سُریندر نے اُس کا ہاتھ پکڑ لیا، جیسے وہ ہمیشہ پکڑا کرتا تھا۔

بندو نے گھبرا کر دیکھا۔ بڑے بڑے، ہڈیوں کے سے ہاتھوں نے اُس کے ہاتھ تھامے ہُوئے تھے۔ اور سُریندر کہہ رہا تھا

"بندی۔ تمہارے پاس آکر میں نے ٹھیک نہیں کیا۔ یہ جانتے ہُوئے بھی میں تمہارے پاس آگیا ہوں۔ اِس کی وجہ یہ ہے کہ تم سے دُور رہ کر میں مر بھی تو نہیں سکتا تھا۔ میں جانتا ہوں کہ میرے آنے کی وجہ سے تمہارا سب سکون، سب شانتی جاتی رہے گی۔"

بِندو نے سُریندر کے ہونٹوں پر اپنا ہاتھ رکھ دیا۔ "سندی تمہیں کھو کر بھلا مجھے سکون حاصل ہو سکتا ہے۔ تم تو جانتے ہی ہو کہ یہ تجارت کا سوال مجھے نہیں آتا .... مجھے کبھی نہیں آئے گا۔"

چھوٹی عُمر میں بِندو کے ماتھے پر تراشیدہ زُلفیں ایک جھالر سی بن کر لہراتی رہتی تھیں اور اس کالی جھالر میں اُس کا گوراچٹا چہرہ اور اُبھر اُبھر کر نظروں کو اپنی طرف کھینچ لیا کرتا تھا۔ پھر جوانی نے جذبات کی ریشمی اور رنگین جھالر اُس کے ماتھے پر لہرانی شروع کی تھی۔ اِس نئی جھالر میں بِندو پہلے سے کئی گُنا خوبصُورت نظر آنے لگی تھی۔

لیکن آج جب بِندو نے افلاس، بیماری اور گُناہوں کے بار تلے دبے ہوئے سُریندر کے ماتھے پر اپنے ہونٹ رکھے، تو اس کی حسین و جمیل پیشانی پر شانتی کی، سکون کی سفید کرنیں ایک نئی جھالر بن کر لہرانے لگیں۔

اِس نئی جھالر والی بِندو پہلی دونوں جھالروں والی بِندوؤں سے کہیں زیادہ حسین تھی۔ کہیں زیادہ خوبصُورت تھی۔

ہڈّیاں اور پھُول

وہی پٹھانکوٹ سے ڈلہوزی جانے والی مٹرک تھی۔ وہی راج تھا اور وہی راج کی کار تھی۔ لیکن آج راج کے بائیں طرف لال جوڑا پہنے ہوئے ایک لڑکی بیٹھی ہوئی تھی۔ جس کے ساتھ پچھلے مہینے راج کی شادی ہوئی تھی اور آج سے تین برس پہلے جب راج اس راستے سے گزرا تھا، اُس کے ساتھ اُنو بیٹھی ہوئی تھی۔ اُنو نے راج کے ساتھ صرف ایک دن کے لئے سفر کیا تھا۔ اور اس لال جوڑے والی نے زندگی بھر ساتھ سفر کرنا تھا۔ راج سوچ رہا تھا، کتنا اچھا ہو اگر ساری زندگی کے سفر میں وہ اس لڑکی کی رُوح کی گہرائیوں میں بھی اتنا ہی اُتر سکے جتنا اس ایک رات میں وہ اُنو کو سمجھ سکا تھا۔

تین برس بیتے، قسمت کے ایک اِشارے نے راج اور اُنو کو ایک

دِن کے سفر کے لئے اِکٹھا کر دیا تھا۔ راج اپنی گاڑی میں ڈلہوزی جا رہا تھا، اور پٹھانکوٹ سے گزرتے ہوئے موٹروں کے اڈّے پر اُس نے الو کو پہچان لیا تھا۔ امرتسر سے شاید وہ ریل میں آئی تھی اور اب دوپہر کو ڈلہوزی جانے والی آخری بس کا انتظار کر رہی تھی۔ راج نے اپنی گاڑی روک لی اور الو نے ڈلہوزی تک راج کی کار میں جانا منظور کر لیا تھا۔

اِس سے پہلے راج نے الو کو صرف ایک بار دیکھا تھا۔ کِسانوں کے ایک جلسے میں الو گا رہی تھی اور راج سامعین میں بیٹھا تھا۔ پھر جلسے کے صدر نے چائے پیتے وقت راج کا الو سے تعارف کرایا تھا۔ اس بات کو بیتے ہوئے ایک برس ہو چکا تھا لیکن ابھی تک راج کے بدن میں الو کی یاد خلش بن کر ایک ٹیس پیدا کر دیتی تھی۔ راج نے الو کو کبھی اپنی دُنیا کی شئے تصوّر نہیں کیا تھا۔ اس لئے اس پورے ایک برس میں اُس نے ایک دفعہ بھی الو سے مِلنے کی کوشش نہیں کی تھی۔ لیکن اِس خلش کو وہ اپنی ذاتی شئے سمجھتا تھا۔ اپنے لہو و گوشت میں سے ظہور میں آئی ہوئی شئے، اور اِس لئے وہ اپنے اکیلے پن کے دِلوں میں کئی مرتبہ اسے اپنے بدن میں محسوس کر لیتا تھا۔ اور پھر پچھلے برس الو کے نام کو اور بھی شہرت نصیب ہوئی تھی، چین جانے کے لئے جب ہندوستان کے کچھ فنکار چنے گئے تو پنجاب کی طرف سے الو کو منتخب کیا گیا تھا۔

الو کے پنجابی گیتوں کو چینی دوشیزاؤں نے سیکھا، اور مُلک کے چوٹی کے اخبارات نے انتہائی فخر کے ساتھ الو کی تصاویر شائع کیں۔ اِس

طرح الو کو مزید شہرت ملی تھی۔ اور راج کو اُس سے مُلاقات کرنے میں اور بھی ہچکچاہٹ اور جھجھک محسوس ہونے لگی تھی۔ یہ محض ایک اتفاق تھا کہ راج نے پٹھانکوٹ کے بسوں کے اڈّے پر الو کو پہچان لیا تھا۔ اور الو نے ڈلہوزی تک راج کی گاڑی میں جانا منظور کر لیا تھا۔

پٹھانکوٹ سے کافی میل دُور نکل جانے کے بعد معلوم ہوا کہ پچھلے تین دِنوں کی لگاتار بارش کی وجہ سے اچانک آگے سڑک ٹوٹی ہوئی تھی اور تقریباً بیس مزدور کُدال اور بیلچے لے کر سڑک کی مرمّت کے لئے جارہے تھے۔ راج کی گاڑی کھڑی ہوگئی۔ آنے والی شام ضرور ڈوبتے سورج کی کرنوں سے رنگین اور حسین ہوگی۔ اور پھر سر پر پھیل رہی رات جنگلی پھولوں کی خوشبو میں بھیگی ہوئی ہوگی۔ لیکن وہ رات کِس چھت کے نیچے بسر ہونی تھی۔ اس کا دونوں میں سے کسی کو علم نہیں تھا۔ راج نے سوچا واپس پٹھانکوٹ ہی لوٹ چلیں اور وہیں رات گزار دیں۔ بائیں طرف پہاڑ کے قدموں میں سمٹی ہوئی چائے کی ایک دُکان تھی۔ واپس جانے سے پہلے راج نے دکان دار سے چائے تیار کرنے کے لئے کہا اور جتنی دیر میں چائے تیار ہوتی، اتنی دیر پہاڑ کے اُوپر کی طرف بڑھ رہی ایک پگڈنڈی کی سمت اس نے قدم بڑھائے الو گاڑی میں بیٹھی رہی۔

الو کی بغل میں بیٹھے ہوئے راج کے دِل میں جیسے ایک ہلکی ہلکی پھوہار کے نرم و نازک چھینٹے گرتے رہے تھے اور بھیگے اور دُھلے من سے اب کہیں سجدہ کرنے کو اس کی طبیعت مچل رہی تھی۔

اس کے قدموں کے آگے بچھی ہوئی پگڈنڈی ایک جگہ پر دو حصّوں میں منقسم ہوگئی تھی اور جس سمت سے پانی سے بھرے نالے کی آواز آ رہی تھی اس کے قدم اس جانب گھوم گئے۔ پہاڑ کی بغل میں ایک نالہ ایک اونچی چھلانگ لگا کر نیچے گرتا تھا۔ نالے کے کنارے پر بمشکل ایک بالشت بھر ہموار جگہ تھی۔ سامنے پہاڑ کی چوڑی پیٹھ تھی۔ اور وہ ہموار جگہ اس پیٹھ کے نزدیک بنی ہوئی ایک دہلیز پر جا کر ختم ہو جاتی تھی۔ راج کو اس دہلیز نے جیسے آواز دے کر بُلا لیا اور اُس دہلیز پر پاؤں رکھتے ہی راج کو ایسا لگا جیسے آج ایک کرامات جیسی کچھ بات ہو گئی تھی۔

وہ دہلیز ایک پہاڑی مندر کی دہلیز تھی۔ ایک بڑی چٹان نے جیسے اپنے سینے میں اس مندر کو جگہ دی ہوئی تھی۔ سڑک پر سے گزرتے ہوئے یا پہاڑ پر چڑھتے ہوئے کسی کو خواب میں بھی اس مندر کا گمان نہیں ہو سکتا تھا اندر شیو اور پاربتی کی کچھ مورتیاں تھیں۔ جو اس وسیع کالی چٹان کو تراش تراش کر بنائی ہوئی تھیں اور جن پر قطرہ قطرہ بن کر پانی ٹپک رہا تھا۔ چٹان کے سامنے پھیلے ہوئے ایک بڑے درخت کی ٹہنیاں مندر کی چھت کے ساتھ زور سے لپٹی ہوئی تھیں۔ جن کا رنگ پانی سے بھیگ۔ بھیگ کر لوہے کے رنگ جیسا ہو گیا تھا۔

راج کا سر جھک گیا۔ شیو سے، پاربتی سے، یا اور کسی بھی دیوی دیوتا سے اُسے کوئی دیرینہ محبت نہ تھی۔ لیکن آج راج کو یوں محسوس ہوا کہ کیا مورتی کے پتھر اور کیا معمولی پتھر بھی جیسے دیوتا بن گئے تھے۔ اور اس کے

دِل میں پُوجا کا ایک گہرا اور سنجیدہ جذبہ بیدار ہو گیا تھا۔ اس پُوجا کے لئے کوئی ایک دیوتا سامنے نہیں تھا۔ لیکن رات کو یوں لگا آخر ماتھے ہی تو دیوتاؤں کو جنم دیتے ہیں۔ کرامات دیوتاؤں کی بہن ہوتی ہے۔ سجدہ کرنے والے ماتھے کی ہوتی ہے۔ اور آج اُسے اپنا ماتھا بڑا پاک اور خوبصورت لگا۔ اُسے ذرّے ذرّے میں دیوتا بن جانے کا گُمان ہوتا ہے۔

پانی قطرہ قطرہ بنکر راج کے سر پر، مونہہ پر اور بدن پر گر رہا تھا نہ معلوم کتنا وقت بیت گیا۔ پیروں نے لوٹنے سے اِنکار کر دیا اور جسم کے انگوں کی ٹھنڈک میں سے راج کو یوں محسوس ہوا جیسے وہ بھی ابھی ایک مُورتی بن جائے گا اور شیو کے پاس، پاربتی کے قریب اُس کا بُت بھی کھڑا رہے گا۔ اس نے ایک بار باہر کی دُنیا کے بارے میں سوچا۔ پر اُسے لگا جیسے کِسی نے بھی اُسے آواز نہ دی ہو۔ اور اب وہ وہیں کھڑا رہنے کے لئے تیار تھا۔ برسوں کے لئے .... صدیوں تک ....

دائیں کندھے کے قریب راج کو یوں محسوس ہُوا جیسے کِسی نے گرم اور زندگی کی حرکت سے بھرپُور سانس لیا ہو اور راج نے دیکھا تو اُس کی بغل میں کھڑی ہوئی تھی۔ وہ بہت دیر سے کھڑی ہوئی ہو گی۔ کیونکہ بُوند بُوند گر رہے پانی میں وہ پُوری طرح بھیگی ہُوئی تھی۔ دونوں نے اس مندر کے جادُو کو اپنے اندر بھرا ہُوا پایا۔ اور دونوں کی نگاہوں میں ایک اطمینان تھا۔

پھر پُجاری آیا۔ سر سے لیکر پیر تک اُس نے ایک اُونی چغہ پہنا ہوا تھا۔ اُس نے ایک جنگلی پھُول شیو کی مُورتی سے چھُوا اور پھر آدھا آدھا پھُول

دونوں میں بانٹ دیا۔ "بچّہ، من میں پُوجا کرو۔ جو مانگو گے ماتا پاربتی دے گی۔"

راج کو محسوس ہوا عام پُجاریوں جیسی اُس کی آواز نہیں تھی پتھروں کی گُونج میں سے جیسے ایک شیریں اور پُرکیف صدا آئی تھی۔ الونے اپنے حصّے کے آدھے پھُول کو ہتھیلیوں میں دبایا اور مندر سے باہر آگئی۔ الو جیسے باہر کی دُنیا کی آواز تھی۔ جس کے پیچھے راج کو بھی مندر سے باہر آنا پڑا۔

راج اور الونے جب چائے پی لی اور وہ واپس پٹھانکوٹ جانے کے لئے تیار ہو گئے تو پجاری نے پہاڑ کی پگڈنڈی کے نیچے سڑک کی طرف اُترتے ہوئے اُنہیں ٹھیرنے کا اِشارہ کیا۔ مکّی کی گرم روٹی، اُبلے ہوئے چاول اور اُڑد کی دال تھالی میں رکھ کر پجاری اُن کے لئے لا رہا تھا۔

"دیوتا کا پرشاد۔" اور پجاری نے تھالی راج کے سامنے رکھ دی۔

پُجاری میں پجاریوں جیسا غرور نہیں تھا۔ راج میں بھگتوں جیسا یقین نہیں تھا۔ دونوں جیسے ایک جگہ کھڑے تھے اور اُس جگہ کی طرف دیکھ رہے تھے جہاں زندگی حسین دکھائی دیتی ہے۔

"آپ چاہیں تو رات میری کوٹھری میں رہ سکتے ہیں۔"

"نہیں ہم آپ کو اتنی تکلیف نہیں دیں گے۔"

"میرے پاس دو چھوٹی کوٹھریاں ہیں۔ آپ چاہیں تو میں آپ کو ایک دے سکتا ہوں۔"

پٹھانکوٹ واپس جانے کے لئے راج اور الو کو کوئی اشتیاق نہیں

تھا۔اس چھوٹے سے شہر کے کسی ہوٹل کا کمرہ بھی اتنا ہی بےگانہ تھا جتنی اس مندر کی کوٹھڑی۔

راج اور انو نے اپنا اپنا بستر پجاری کی کوٹھڑی میں رکھ دیا۔سورج مغرب میں غروب ہو رہا تھا۔پانی کی سفید دھاریں پہلے سنہری رنگ کی ہوئی پھر رنگوں کی دلکشی بھی جاتی رہیں۔شام اور گہری ہوئی اور پانی کی آواز مزید اونچی اور وسعت پذیر ہو گئی۔اتنی اونچی اور وسعت پذیر کہ جس کے سامنے انسانی دل کی نحیف اور ننھی ننھی آوازوں کا کوئی وجود نہ رہ گیا ہو۔

انو اور راج کو یہ سب کچھ بہت ہی قدرتی لگا۔اُن کے چہرے پر خوف کی کوئی لکیر نہ تھی۔اور ایک دوسرے کی طرف سے اتنی تسلی اتنا یقین کہ دونوں کو بڑا ہی خوبصورت لگا پتھر کے چھوٹے ریزوں اور پانی کے چھینٹوں سے کھیل کر انہوں نے شام کو اور گہرا کر لیا۔جب رات کی اولیں تاریکی میں سے چاند کی روشنی پھوٹ نکلی،اور جاڑے کی گہری کپکپی نے جب اُن کے بدن کو جھنجھوڑا،تو وہ پانی کے کنارے کو چھوڑ کر کوٹھڑی کی چھت کے نیچے آگئے۔

دور کونوں میں دونوں نے چارپائیاں بچھالیں۔راج کے بستر میں گے ٹے کی ایک کتاب تھی۔دیے کی کانپتی لو میں بیٹھ کر کتنی ہی جگہوں سے وہ انو کو کتاب سناتا رہا۔کتاب میں ایک جگہ ایک مطربہ لڑکی کا ذکر آتا تھا وہ پیالہ بجاتی ہے،اس کا مصور دوست قریب ہی بیٹھا سن رہا ہوتا ہے۔اور پھر پیالو کے سُروں میں خواب بیدار ہوتے ہیں.....پھر راج اور انو کو یوں لگا جیسے آج کی رات گئے لیٹے کے ناول والی رات تھی۔اور دونوں ان خوابوں کی گرفت سے کانپ گئے۔

تُو اور 'آپ' کا فرق نہ جانے کب کِس وقت مِٹ گیا تھا۔ الو نے رات کے جادُو کو اپنے بدن سے دُور پھینک کر پُوچھا "راج تمہیں نیند نہیں آئی ؟"

" ابھی نہیں "

دونوں خاموش رہے۔ پھر خوابوں نے ایک پلیٹ میں کِس لیا۔ راج نے پُوچھا۔ " الو حُسن کی انتہا تک کوئی نہیں پہنچ سکتا۔ فن کا بھی کوئی اختتام نہیں ہوتا۔ لیکن پچھلے برس مجھے یوں لگتا تھا جیسے جو کچُھ میں نے تمہارے گیت میں سُنا تھا ویسا کبھی کہیں نہیں سُنا تھا۔"

" ہمیشہ تو نہیں لیکن کبھی کبھی مجُھے بھی یوں محسوس ہوتا ہے جیسے میں نے اپنے کِسی گیت میں اپنی کِسی چیز کو مرنے سے بچا لیا ہو۔"

" الو، جب مندر میں پُجاری نے کہا تھا، بچہ پُوجا کرو، اور جو مانگو گے ماں پاربتی دے گی، اُس وقت تُو نے کیا مانگا تھا ؟ "

" کچُھ نہیں "

" کچُھ بھی مانگنے کا خیال نہیں آیا تھا ؟"

" میں بیچاری پاربتی کو پریشان کرنا نہیں چاہتی تھی۔"

" الو "

الو نے کوئی جواب نہیں دِیا۔ راج کی تمام چارپائی روشندان سے آتی ہوئی چاند کی چاندنی میں شرابور تھی۔ اور اس چاندنی میں راج نے جیسے اپنے دِل کو پہلی مرتبہ دیکھا، اور جو کچُھ، اُسے اپنے دِل میں

دِکھائی دِیا۔ اسے اب وہ کسی سے چاہے چھپالیتا، لیکن اپنی آنکھوں سے نہیں چھپاسکتا تھا۔

"الو تم نے زندگی میں کبھی پیار کیا ہوگا۔"

"ہاں"

"پھر"

"دِل کے سِوا دُنیا کی ہر شے ہماری الگ الگ تھی۔ اِس لئے ہمیشہ الگ الگ ہی رہی۔"

"بہت دِن ہو گئے؟"

"ہاں کئی برس"

"وہ اب کہاں ہے؟"

"سُنتی ہوں بہت دُور ہے، بڑی رنگین دُنیا میں۔ جہاں میری رسائی نہیں۔"

"دِل میں بھی دُوری آجاتی ہے الو؟"

"ہاں"

"کب تک؟"

"جب تک اُس کی بہت ہی شیریں اور بہت ہی کڑوے پانی کی پیاس نہیں مِٹ جائے گی۔"

"عورت کے دِل کو سمجھنا شاید بہت ہی مُشکل ہوتا ہے الُو"

"معلوم نہیں کیوں مجھے کلیر کی یاد آئی ہے۔ کلیر نے کچھ مہینے

بائرن کے ساتھ گزارے۔ اور پھر تمام عُمر شادی نہ کی۔ اس کی اور بائرن کی ایک بچّی بھی تھی۔ وہ بچّی بھی مرگئی۔ بائرن بھی مرگیا۔ اور جب کلیر اسّی برس کی ہوگئی، ایک مصنّف اُس سے مِلنے کے لئے گیا، وہ بائرن کی زندگی لِکھنا چاہتا تھا۔ اور کلیر نے اُسے زندگی کی سب سے بڑی سچائی بتائی "میں بائرن کے متعلق زیادہ کچھ نہیں جانتی۔ میں نے اُسے پیار نہیں کیا۔ میری اور بائرن کی ایک بچّی ضرور ہوئی تھی۔ اور اوائل عُمر میں ہی اٹلی کے ایک کانونٹ میں اُس کی وفات ہوگئی تھی" مصنّف کو شیلے کی زندگی بھی لِکھنی تھی۔ اور اُسے یہ معلوم تھا کہ کلیر شیلے کی بیوی میرّی کی بہن تھی اِس لئے اس نے کلیر سے شیلے کے بارے میں کچھ پُوچھا۔ اسّی سال کی عُمر میں کلیر کے مونہہ پر جوانی لوٹ آئی۔ مصنّف نے حیران ہو کر پُوچھا— "کلیر تم شیلے سے پیار کرتی تھیں؟" اور کلیر نے جواب دیا "دِل اور رُوح کے ساتھ"

کلیر کی کہانی ختم ہوگئی۔ الو اور راج دِلوں کی تہوں میں کھو گئے۔

"الو! غم میں بھی ایک نشہ ہوتا ہے۔ اور جب کِسی کو اس کی عادت پڑ جائے وہ انتہائی کوششوں سے بھی بِکھرے غموں کو اکٹھا کر لیتا ہے"

"شاید"

"الو میں یہ نہیں کہتا کہ تم کِسی کو بھول جاؤ۔ لیکن بادل کے ایک ٹکڑے سے تمام سورج کو روکے رکھنا چاہیئے؟"

" اندھیرے میں رہنے کی شاید مجھے عادت ہوگئی ہے۔ مجھے یہ اچھا لگتا ہے "

" اگر اس تاریکی میں وہ پھر لوٹ آئے۔۔۔۔

" وہ "

اور کتنے ہی لمحات کی خاموشی کے بعد راج نے اُٹھ کر النو کے ماتھے پر ہاتھ رکھا۔ النو کا تمام چہرہ آنسوؤں سے گیلا تھا۔

بیس قدموں کی دُوری پر گرجتے پانی کی آواز اور جنگلی پھولوں کی خوشبو جیسے چاندنی میں بھیگ کر آ رہی تھی۔ راج کے گرم چوڑے اور جوان ہاتھوں نے النو کے ہاتھوں کو دبایا۔

" رات بڑی خوبصورت ہے " راج کا سانس النو کے ماتھے کو چھو گیا۔

" اور اس لئے مجھ سے برداشت نہیں ہو سکی "

" النو "

" کیا دنیا میں " وجہ " ہی سب کچھ ہے "

" وجہ کی تسلی کے لئے بھی وجوہات ڈھونڈھی جاتی ہیں "

" مجھے وجوہات کے سہارے کی ضرورت نہیں "

" پھر مجھ سے بھی وجہ پوچھنے کے لئے سوال نہ کرنا۔ لیکن النو زندگی کے باقی برس اگر میں تم سے مانگ لوں ؟

" راج ۔۔۔۔ " النو کے سانس میں سینکڑوں خوشبوئیں

تحلیل ہو گئیں۔

لیکن انو نے خوشبوؤں کا جیسے گھونٹ بھر کر کہا " راج میرے پاس اب دینے لائق کچھ نہیں ہے۔"

"برسوں سے برس بدل لو انو! میری زندگی سے زندگی بدل لو"

"اتنے حسین دل کے بارے میں کیا دوں گی؟"

"مجھے بدلے میں کچھ نہیں چاہیے انو"۔

انو نے اپنا چہرہ راج کی چوڑی اور سفید ہتھیلیوں میں رکھ دیا۔ اور انو کے آنسووں کا جیسے باندھ ٹوٹ گیا۔

"راج تمہیں معلوم ہے اس وقت میرے دل میں کیا خیال آیا ہے؟"

"جو کچھ بھی آیا ہے ٹھیک ہو گا"

"لیکن تمہیں شاید اچھا نہ لگے"

"انو جو کچھ تمہیں اچھا لگتا ہے، مجھے بھی اچھا لگے گا"

"راج وہ تم سے اچھا نہیں ہو گا، پر میرے دل میں یہ آیا ہے کاش آج کے اس سفر میں تمہاری جگہ پر اگر وہ ہوتا۔۔۔۔"

راج نے جھٹ سے انو کا ماتھا چوم لیا اور پھر انو کی دونوں ہتھیلیوں کو اپنی آنکھوں سے لگا لیا "تمہاری سچائی کو میں پیار کرتا ہوں انو"

"روز مرہ کی زندگی کی چھوٹی چھوٹی مشکلات میں شاید برداشت نہیں کر سکتی، لیکن ٹریجیڈی جیسی بڑی بات میں برداشت کر سکتی ہوں"۔

پھر ایک مرد اور ایک عورت ہونے کا راز دونوں بھول گئے۔

اپنا دایاں بازو الو کے سرہانے پر رکھ کر راج تمام رات چارپائی کی پٹی پر بیٹھا رہا۔ نیند نے ایک لمحہ بھی نہ اُن سے چھینا اور وہ ساری کی ساری رات ان کے حوالے کر دی۔ اور پھر پورب نے رات کے چاروں کناروں میں کرنیں باندھ دیں۔

صُبح کی اوّلیں سُنہری کرنوں میں راج اور الو نے اُٹھ کر کچھ جنگلی پھول توڑے اور پھر مندر کی دہلیز پار کی۔ بُوند بُوند گر رہا پانی انہیں ایسا لگا جیسے دیوی کی مہر برس رہی ہو۔ یہاں اُنھوں نے ایک دُوسرے کو ڈھونڈا تھا۔ اُنہیں لگا جیسے ہر ایک پتھر آج دیوتا بن گیا ہو، اور اُنھوں نے پھولوں سے بھری ہوئی مُٹھیاں چاروں طرف بکھیر دیں۔

الو کے کاندھے کے پاس جُھک کر راج نے ایک گہرا سانس اپنے اندر کھینچا، الو کے بھیگے ہُوئے بدن کی خوشبو اُس میں ملی ہوئی تھی، اور راج کو یُوں محسوس ہوا جیسے وہ دونوں زِندگی کے ایک بیش قیمت پھول تھے لیکن دونوں ایک ہی زمین پر اور ایک ہی موسم میں پروان نہیں چڑھ سکتے تھے۔

صبح کے سَفر میں ایک جگہ راج کی گاڑی بمشکل ٹکّر سے بچی، اور جس وقت گاڑی اُلٹنے لگی تھی، الو نے زور سے راج کا بازُو تھام لیا تھا "مجھے آج موت سے خوف نہیں آرہا" اور راج نے الو کا ہاتھ اپنے ہاتھ میں بھینچ کر کہا "موت کبھی اتنی حسین نہیں ہو سکتی"

جو کچھ اُنہوں نے ایک دُوسرے سے حاصل کیا تھا، نہ اُس سے مزید حاصل کیا جا سکتا تھا، اور نہ وہ حاصل کیا ہوا کبھی گُم ہو سکتا تھا۔ اِس لئے پھر راج اور انو کبھی نہ ملے۔

آج جب راج کی گاڑی مندر کے موڑ کے قریب سے گزری تو راج نے گاڑی روک لی اور اپنے پاس بیٹھی ہوئی لال جوڑے والی لڑکی سے کہا "پانچ منٹ میرا انتظار کرو گی؟"

"میں ساتھ آؤں؟"

"نہیں"

راج نے اپنے شہر سے سنبھال کر اپنے ساتھ لائے ہوئے موتیا کے پھول نِکالے اور پہاڑ کی پتلی پگڈنڈی پر چڑھتا ہُوا اوجھل ہو گیا۔

اور جب کچھ منٹ بعد راج واپس آیا تو اُس کی بیوی نے پُوچھا "وہاں کیا تھا؟"

"ایک مندر"

"آپ نے پھول چڑھائے ہیں؟"

"ہاں"

راج نے پھر رُک کر کہا "جب اِنسان مر جاتے ہیں، اُس

کی ہڈیوں کو کیا کہتے ہیں ؟"

"پھول "

"تم ایک بات یاد رکھو گی ؟"

" رکھوں گی "

"جب میں مر جاؤں ، میرے پھول یہیں چڑھا جانا۔"

بیوی نے سہمے ہوئے چہرے سے ایک بار راج کی طرف دیکھا راج کے چہرے پر ایک مرد کا وہ حسن تھا جو ہزاروں میں سے کسی ایک کو نصیب ہوتا ہے۔ اور راج نے مسکرا کر کہا "اِس مندر پر وہ پھول بھی چڑھائے جاتے ہیں "

چاندنی رات

شمّی میری چھوٹی بہن کا نام تھا۔ وہ محض چوبیس گھنٹوں کے لئے میری بہن تھی۔ کل سہ پہر اُس نے میرے ساتھ یہ رشتہ استوار کیا تھا اور آج دوپہر یعنی ابھی ابھی جب میں نے ڈاکٹر سین کے ہسپتال میں فون کیا تھا تو کوئی کہہ رہا تھا "شمّی؟ کون شیاما؟ اچھا تو آپ کی مُراد مسز راجیش سے ہے .... مسز راجیش کا تو انتقال ہوگیا ہے یہی کوئی ایک گھنٹہ ہوا ...."

کل یہی وقت تھا، دوپہر کا، جب میرے ٹیلی فون کی گھنٹی بجی تھی اور کسی نے پُوچھا تھا "فایو ون فایو نائن فایو"

"جی ہاں"

"امرتا پریتم ؟"

"جی ہاں"

"دیدی !"

"میں نے پہچانا نہیں"

"آپ نہیں پہچان سکتیں دیدی۔ آپ مجھے نہیں جانتیں۔ میرا نام شیاما ہے۔ مگر آپ مجھے شمّی کہہ کر پکاریں۔ میں عرصہ سے آپ کو اپنے من ہی من میں دیدی کہہ کے پکارتی رہی ہوں۔"

"شمّی !"

"یہاں میں ایک ہسپتال میں ہوں، ڈاکٹر سین کے ہسپتال میں کمرہ نمبر ۳۶۔ دیدی ایک بار آکر مل جاؤ، آج میں بڑی مشکل سے ڈاکٹر صاحب سے اجازت لیکر کمرے سے باہر آئی ہوں۔ سوچتی تھی کہ کسی اور کے بلانے سے شاید آپ نہ تشریف لائیں۔ آپ ضرور آئیں دیدی .... نہیں کل نہیں دیدی۔ آج ہی آئیں۔ کیوں کہ زندگی کے پاس کئی دفعہ "کل" کی بھی گنجائش نہیں ہوتی۔"

"اچھا ملاقات کا وقت کیا ہے ؟"

"ساڑھے چار سے ساڑھے سات تک"

"کمرہ نمبر چھتیس .... اچھا شمّی میں آؤں گی۔"

"ضرور آنا دیدی ! میں آپ سے باتیں کرنے کے لئے کمرے میں تنہا ہی رہوں گی۔"

اور جب میں نے پانچ بجے شمی کے کمرے میں قدم رکھا تو شمی نے بستر سے اپنے دونوں بازو پھیلا کر کہا تھا۔" دیدی"
خدا جانے شمی کے لبوں پر کیا تھا کہ اُس نے محض ایک لفظ کہہ کر میرے ساتھ یہ ناطہ جوڑ لیا تھا۔

جب میں نے آپ کا 'ڈاکٹر دیو' پڑھا تھا۔ مجھے یوں محسوس ہوا کہ جیسے میں ہی ممتا ہوں اور آپ نے میری داستان تحریر کی ہو۔۔۔۔
پھر میں نے 'گھونسلہ' پڑھا اور مجھے محسوس ہوا کہ میں ہی نینا ہوں اور آپ نے ۔۔۔۔۔۔۔۔۔۔"

شمی کا گلا رُندھ گیا
"تمہیں تکلیف کیا ہے شمی؟"
"زندگی نے مجھ سے مذاق کیا ہے دیدی! متواتر پانچ سال سے اس کے سِتم کا بار اُٹھائے اُٹھائے پھر رہی ہوں۔۔۔ اور اب تھک گئی ہوں۔۔۔ اب اور سِتم۔۔۔"
"شمی"

"جب میں نے محبت کے حروف پڑھنے شروع کئے تو زندگی نے میرے سامنے دو کتابیں رکھ دیں۔ ایک میں زندگی کا فلسفہ تھا، زندگی کا گیان تھا، زندگی کا حل تھا۔ دوسری میں دلچسپ کہانیاں تھیں اور چند رنگین و شوخ تصویریں۔ پہلی کتاب مجھے مشکل نظر آئی اور میں نے زندگی کا ویدالگ رکھ دیا۔ اور دوسری کتاب کی رنگین تصاویر میں محو

ہوگئی۔ جب دِل کے معنی سمجھنے شروع کئے تو مجھے میری کہانیاں تسکین نہ دے سکیں اور پھر جب میں نے پلٹ کر زندگی کے وید کو چھونا چاہا تو زندگی نے وید میرے ہاتھوں سے چھین لیا ....“

”شمی“

”یہ کیسا المیہ ہے دیدی! پرتھی بھی ہمارے ہی کالج میں پڑھتا تھا۔ اور راجیش بھی! پرتھی کے پاس کھڑی ہو کر جب میں اُس کے سنجیدہ اور گہرے چہرے کی طرف تاکتی تو مجھے اپنا آپ بہت چھوٹا معلوم ہوتا۔ میں زندگی کے اِس فلسفہ کے سامنے بالکل انجان اور بے معنی سی دِکھائی دیتی۔ لیکن جب میں راجیش کے پاس ہوتی تو اُس کے ساتھ رُوٹھ بھی سکتی تھی۔ اور مان بھی جاتی ... مگر پرتھی کو دیکھ کر میرے دِل میں اُس کے لئے تعظیم کے جو جذبات بھر جاتے اُن کا میں اس کے سامنے اظہار تک نہ کر پاتی۔ میری شادی کوئی مسئلہ نہیں تھی۔ میرے ماتا پتا نے مجھے اجازت دے رکھی تھی کہ میں جسے چاہوں اس کا انتخاب کروں، اور میں نے راجیش کو چُن لیا۔“

”پھر“

”ابھی ہماری شادی میں ایک مہینہ باقی تھا کہ پرتھی نے ایک دِن مجھ سے کہا کہ ایک دِن کے لئے اُس کے ہمراہ پنجور کے مُغل باغ چلوں۔ جہاں تک اُس پر اعتبار کا سوال ہے، مجھے اُس پر مکمل اعتماد تھا۔ اُس نے کہا تھا کہ یہ اُس کی پہلی اور آخری خواہش تھی۔ میرے پاس اُسے مایوس

کرنے کی سکت نہ تھی۔ میں نے ہاں کہہ دی۔۔۔۔"

"پھر شمی؟"

"پنجور دلی سے کوئی ڈیڑھ سو میل کے فاصلہ پر ہے۔ پر تھی کی اپنی کار تھی اور اُس کا اپنا ہمراز بوڑھا ڈرائیور اُسے ڈرائیو کر رہا تھا۔ ہم کوئی پانچ گھنٹوں میں پنجور پہنچ گئے۔۔۔۔ راستے کی ایک بات بتاؤں دیدی؟"

"ہاں شمی!"

پنجور سے کوئی دس میل اِس طرف کھجور کے جنگلوں کا درخت آتا ہے۔ یہاں کچھ دیر کے لیے ڈرائیور نے گاڑی روک لی کیونکہ انجن گرم ہوگیا تھا۔ تاحد نظر کھجور کے درخت ہی درخت دِکھائی دیتے تھے، اُس جنگل نے مجھے مسحور کرنا شروع کر دیا۔۔۔۔ سڑک کے بائیں طرف ایک کچا مکان تھا۔ جس کے آنگن میں ایک حسینہ تھی جس کے۔۔۔ پر گوٹہ کناری لگی ایک اوڑھنی تھی۔ اور مٹی سے لپے ہوئے آنگن میں سُرخ مرچیں سوکھنے کے لیے پھیلا رہی تھی۔ اپنی لانبی باہیں پھیلا کر جب وہ مرچیں بکھیرتی تھی تو اُس کا لال چوڑہ چھنکتا تھا۔ چوکھٹ کے پاس پڑی چارپائی پر ایک نوجوان بیٹھا حُقہ پی رہا تھا۔۔۔۔ کش لیتے ہوئے اُس نے دوشیزہ کو پکارا۔ اور وہ دست پناہ سے انگارے لائی۔ چلم پھر سُلگ اُٹھی۔ نا معلوم یہ کون سی چنگاری میرے دِل میں اُڑ کر آگئی تھی۔ یا اُس کے چوڑے کی جھنکار کا معجزہ تھا یا اس صحن میں سوکھنے کے لیے ڈالی مرچوں کا غبار تھا یا کھجور کے درختوں کا جادو۔۔۔۔ میں نے دیکھا کہ میں گوٹے کناری سے مرصع اوڑھنی سر پہ

اوڑھے ہوئے ہُوں، میری کلائیوں پر سُہاگ کا عروسی چُوڑہ ہے اور میں سُرخ مرچیں آنگن میں پھیلا رہی ہُوں۔ سامنے کھاٹ پر پرتھی بیٹھا حُقہ گڑگڑا رہا ہے۔ پرتھی نے مجھ سے آگ مانگی ہے ۔۔۔۔''

''پھر؟''

''ڈرائیور نے کار سٹارٹ کی۔ میں نے خود کو سنبھالا۔ دس میل کا فاصلہ منٹوں میں طے ہوگیا۔ پرتھی نے پہلے سے ہی دو کمروں کا انتظام کر رکھا تھا۔ سامان کمرے میں رکھ کر ایک کھڑکی میں آ کھڑی ہوئی۔ کمرے کی ایک کھڑکی بائیں باغ کے پہلو میں کھلتی تھی۔ ایک منزل سب سے بُلند تھی۔ دُوسری اُس سے کم، تیسری اس سے نیچے۔ باغ کی سات منزلیں تھیں۔ اِن ساتوں منزلوں پر سرو کے پودے، آم اور لیچیوں کے درخت تھے۔ گلِ مہر، گلاب اور چاندنی جیسے رنگا رنگ کے پھُول چٹک رہے تھے۔ مجھے ان کے سحر سے ڈر لگنے لگا۔''

''ڈرائیور نے سٹوو جلا کر چائے تیار کی، اور ایک ایک پیالی پی کر میں اور پرتھی ''کوشلیا ندی'' کا نظارہ کرنے چلے گئے۔ ندی کوئی ایک میل کے فاصلے پر تھی۔ پگڈنڈی سے نیچے اُتر کر جب ہم ندی کنارے پہنچے تو پانی کے لمس نے میرا ہاتھ تھام کر مجھے بُلایا۔ میں نے پرتھی سے کہا ''میں تو ندی میں نہاؤں گی۔'' فلک بوس پہاڑیوں کی سہ طرفہ دیواریں بُلند تھیں۔ جن میں گھری ہُوئی کوشلیا ندی بہہ رہی تھی۔ سامنے ہری ہری سیڑھیوں کی صُورت پھیلے ہوئے کھیتوں کا لامتناہی

سِلسلہ تھا۔ کچھ فاصلے پر آموں کا ایک جُھنڈ تھا۔ پہاڑ کی ایک چوٹی پر ایک بوڑھی پہاڑن بکریاں چرا رہی تھی۔ ندی ریتیلی اور پتھریلی دیوار کے ساتھ سمٹ سمٹ کر چل رہی تھی۔ اِس لئے چند قدموں کے فاصلے بھی اوٹ دے دیتے تھے۔ پرتھی دُوسری طرف چلا گیا اور میں لاپرواہی سے ندی میں نہانے میں محو ہو گئی۔ جب میں نہا رہی تھی دیدی تو . . . ."

"ہاں شمی!"

"میری کلائیوں پر کانچ کی سُرخ چوڑیاں تھیں۔ پانی میں ڈُوبی ہوئی اپنی باہیں مجھے پہلی بار بھلی معلوم ہوئیں۔ چوڑیوں کا سُرخ رنگ مجھے شُگنوں کا رنگ محسوس ہُوا۔ یہ شاید پہلا موقعہ تھا دیدی جب میرے اندر کہانیوں کی کِتاب کو ایک طرف رکھ کر زندگی کا وید پڑھنے کی خواہش نے سر اُٹھایا"

"شاید دُوسری بار شمّی! . . . . پہلی بار اُس وقت جب تم کھجوروں کے جنگل میں . . . . سر پر گوٹے کِناری کی اوڑھنی لئے تم کچّے آنگن میں سُرخ مرچیں پھیلا رہی تھیں اور پرتھی کھاٹ پر بیٹھا حُقہ پی رہا تھا . . . ."

"ہاں دیدی پہلی بار وہی تھی۔ اور یہ دُوسری ــــــ"

"پھر؟"

"سائے ڈھل چُکے تھے۔ میں ندی سے باہر آگئی۔ اپنا بدن سُکھایا کپڑے پہن کر پرتھی کو ڈھونڈنے لگی۔ ریت کے پتھریلے کِنارے پر بیٹھے

ہوئے میں نے اُسے پایا۔ وہ نہا چکا تھا لیکن ابھی تک اُس نے پُوری طرح کپڑے نہیں پہنے تھے۔ وہ ایک بڑی چٹان پر خاموش بیٹھا سگریٹ پی رہا تھا۔ سُورج کی آخری کرنیں اُس کی پیٹھ کو تاباں کر رہی تھیں۔ یہ تابانی میری آنکھوں کو خیرہ کیئے دے رہی تھی ۔ ۔ ۔ ۔ اور میں نے آنکھیں جُھکا لیں مجھے دیکھ کر اُس نے کپڑے پہن لیئے۔ پھر ہم پہاڑ پر جانے والی پگڈنڈی پر ہو لیئے۔ راستہ پر بکریاں چرانے والی پہاڑن نے اُسے آواز دے کر پوچھا کہ میں نے دیوی کے استھان پر کیا چڑھایا تھا، اور کیا مُراد مانگی تھی؟ لیکن میں تو ندی کے پانی کی روانی میں ہی گم ہو گئی تھی۔ اور نزدیک کسی بھی استھان کو تو نہیں دیکھا تھا اور نہ ہی کوئی مُراد مانگی تھی۔ میں ہنس کر چل دی ۔ ۔ ۔ ۔ دیدی، جو سچ پُوچھو تو میں پڑھی لکھی تھی، کبھی کسی وہم کا شکار نہیں ہوئی تھی۔ نہ جانے اس وقت مجھے کیوں محسوس ہوا کہ جیسے میں کسی مُراد سے فیض یاب نہیں ہو سکی۔"

"پھر شمی؟"

"ڈرائیور نے کھانا تیار کر رکھا تھا۔ تھوڑا سا کھایا۔ اور پھر میں اور پرتھی باغ میں بیٹھ کر پہاڑیوں کی اوٹ سے طلوع ہوتے چاند کا نظارہ کرنے لگے۔ درختوں کے سنولائے چہرے نور میں دھوئے گئے۔ میں منتظر تھی کہ شاید پرتھی مجھ سے کچھ کہے ۔ ۔ ۔ ۔ مگر وہ خاموش رہا ۔ ۔ ۔ ۔ ایک جگہ پانی کی تیز و تند آبشار تھی اور پھوارے تھے۔ میں اور پرتھی اُن کے پاس کھڑے ہو کر ننھی مُنّی پھوار سے لُطف اندوز ہو رہے تھے۔ سردی کی ایک

ہلکی سی کپکپی میرے تمام جسم میں سرایت کر گئی۔ پرتھی میرے پیچھے کھڑا تھا۔ میرا دایاں کندھا اس کے سینہ سے چھو گیا تو ایک خوش گوار گرمی کندھے میں سرائیت کرنے لگی۔ سامنے پتھر کی دیوار میں دیئے جلانے کے لیئے چھوٹے چھوٹے طاق بنے ہوئے تھے۔ کہہ نہیں سکتی کتنے ہوں گے۔ سو سے کم تو کیا ہوں گے۔ مجھے محسوس ہوا کہ پرتھی کے جسم کی گرمی میرے کندھے میں تحلیل ہوتی ہوئی اب میرے اپنے دل کی آنچ بن گئی ہے۔ اور اس آنچ سے سامنے کے دیوٹوں میں رکھے دیئے خود بخود جل اُٹھے ہیں .... دیدی ..... دیدی"

"ہاں شمی!"

"میرے جی میں آئی کہ جو آگ مجھے جلائے جا رہی ہے۔ اُس کی بات میں نہ کہوں، پرتھی کہے۔ مگر پرتھی نے کچھ نہیں کہا۔ اُس کا چہرہ ہمیشہ کی طرح کسی بھی اثر سے بے نیاز تھا..... میں اپنی آگ سمیٹنے لگی .... کافی رات گئے، ہم باغ سے لوٹے .... اور اپنے اپنے کمروں میں سونے کے لیئے چلے گئے۔

دیدی! اُس رات میرے سپنوں نے کئی چراغ روشن کیے۔ میں نے دیکھا کہ وہ باغ میرا ہے۔ میں ایک مُغل شہزادی ہوں، جو رات کو تن تنہا گھوم رہی تھی۔ سرو کے پودوں کو میں نے اپنے ہاتھوں سے چھوا۔ سُرخ گلاب کو توڑ کر میں نے اپنے بالوں میں سجایا۔ پھر پانی کے چشموں کے پاس کھڑی ہو کر میں خالی طاقوں پر دیئے جلا جلا کر رکھنے

لگی۔ایک دِیے کی لَو دُوسرے دِیے سے چھُوتی گئی اور پھر آبشار کی اوٹ میں پتھر کے طاقوں میں کوئی سو ایک دِیے جل اُٹھے کہ اچانک کسی نے میرے کندھے پر ہاتھ رکھا۔پانی کی پھوار سے کپکپاتے جسم میں ایک دِل نواز گرمی کی لہر دوڑ گئی۔ اور میں نے پلٹ کر دیکھا تو پرتھی ایک مُغل شہزادہ بنا کھڑا تھا۔جس کے لبوں کی سانس میرے لبوں سے گزر رہی تھی۔

میں اس سپنے کی تاب نہ لا سکی اور وہ ٹوٹ گیا۔میرے قدم حرکت میں آگئے۔میں پرتھی کے کمرے کی طرف بڑھی تاکہ میں اس پر اپنا یہ سپنا ظاہر کر دُوں اور پھر اس سے کہوں کہ اگر وہ اِس سپنے کو حقیقت میں بدل دے تو مجھے دُنیا میں اور کچھ نہیں چاہیئے۔"

"پھر شمی؟"

"میری تقدیر نے میرے قدموں کو تھام لیا۔میرے دِل نے جو دُنیا اپنائی تھی، وہ اپنا لی تھی۔میں نے سوچا تھا کہ مجھ سے اب کوئی پرتھی کو علیحدہ نہیں کر سکتا۔میں نے سوچا اب میں انجان نہیں تھی۔اب مجھے زِندگی کے وید کو پڑھنے کا سلیقہ آگیا تھا۔"

"پھر شمی؟"

"دیدی جب میں صبح بیدار ہوئی۔تو زندگی نے میرے ساتھ اپنا فریب مُکمل کر لیا تھا۔پرتھی مجھے کہیں نہ مِلا۔میں نے اُس کا کمرہ برآمدہ، غسل خانہ اور باغ کا چپّہ چپّہ چھان مارا۔ڈرائیور نے مجھے بتایا کہ "صاحب آدھی رات کو ہی چل دیے تھے۔اور میں اُنہیں کالکا تک

چھوڑ آیا ہوں۔ وہاں اُنھوں نے ٹیکسی لی تھی .... اب آپ جب کہیں دہلی لے چلوں گا۔ گاڑی باہر کھڑی ہے۔" اِردگرد کی تمام دیواروں کے پتھر میرے پاؤں سے بندھ گئے۔ کتنی دیر بعد میں جب بستر باندھنے لگی تو دیکھا کہ تکیئے کے نیچے پرتھی کا لکھا ایک خط تھا۔ خط نہیں محض دو سطریں :

چُکتا نہ کر سکوں گا اپنا حساب تجھ سے
یہ رات چاندنی جو میں نے اُدھار لی ہے"

"شمّی! کیسا ہوگا تیرا پرتھی؟ ایسی گمبھیرتا اور سنجیدگی تو انسانوں میں نہیں دیوتاؤں میں پائی جاتی ہے۔"

"اِسی سنجیدگی نے تو مجھے کہیں کا نہیں چھوڑا دیدی!"

"پھر شمّی؟"

"میں دہلی لوٹ آئی۔ مگر مجھے پرتھی کا کہیں کوئی سراغ نہ مِلا۔ نہ اُس کے گھر والوں کو کوئی پتہ چلا نہ مجھے .... ایک برس بیت گیا۔ سب نے سوچ لیا کہ وہ زِندہ نہیں ہے۔ زندگی کا فریب میں نے اپنے دامن میں لیکر راجیش سے شادی کرلی۔"

اب ایک برس ہُوا میں نے پرتھی کی تصویر اخباروں میں دیکھی۔ لندن میں اس کی نظموں کا ترجمہ چھپا ہے۔ اس کا نام اب دُنیا کے مشہور شاعروں میں گِنا جاتا ہے۔ مگر وہ رات جو اُس نے مجھ سے مستعار لی تھی، اور کہا تھا کہ اس کا حساب اُس سے کبھی بھی چُکایا نہ جا سکے گا، اب وہی حساب مُجھے چُکانا پڑ گیا ہے۔ میں زندگی کے ساتھ اس کا حساب چُکا نہیں سکتی تھی میں

موت کے ساتھ اب وہ حساب چکتا کروں گی دیدی۔"

"نہیں شمی! زندگی کے ساتھ حساب چکانا ہی بہادری ہے۔ یہ حساب موت سے نہیں چکایا کرتے۔ زندگی موت سے کہیں مشکل ہے شمی"

"مگر اب میں تھک گئی ہوں دیدی۔ دونوں پھیپھڑے ناکارہ ہو چکے ہیں ـــــ کن ہونٹوں سے اُس کو پکاروں؟ کن آنکھوں سے اُس کی راہ دیکھوں؟

آج رات پانچ سال پہلے کا سپنا پھر آیا۔ وہی باغ ہے، وہی آبشار ہے۔ میں اسی طرح مغل شہزادی ہوں۔ پتھر کے طاقوں پر میں نے دیے روشن کئے ہیں۔ مگر پرتھی کہیں نہیں ملتا۔ پھر طوفان اُٹھا۔ سنسناتی سیٹیاں بجاتا ہوا طوفان اور میرے تمام چراغ گُل ہو گئے۔ گھور اندھیرا چھا گیا۔ بہت گھور بہت گہرا....

اِسی لئے آج مجھ سے برداشت نہ ہو سکا دیدی۔ پرتھی کو میرا سپنا بتانے والا بھی کوئی نہیں تھا۔ جب میں اُسے بتانے چلی تھی تو وہ اُسے سُننے سے پہلے ہی چلا گیا۔ اور آج میں ہی وہ سپنا دیکھتی دیکھتی جانے والی ہوں۔"

"نہ شمی یوں نہیں کہتے!" میری آنکھیں ڈبڈبا آئیں۔

"دیدی! آپ میری دیدی بن جائیے، بڑی دیدی ـــــ"

"شمی!" میرے لئے بولنا محال ہو گیا تھا۔

"سب مجھے شیاما کہہ کر پکارتے ہیں۔ ایک پرتھی مجھے شمی کہتا تھا۔ اور ایک میرا دل چاہتا ہے کہ آپ پکاریں۔ ایک اپنے پرتھی کے

سوائے اور ایک اپنی دیدی کے سوائے میں کسی کی شمیؔ نہیں ہو سکتی۔"

"شمیؔ!"

"دیدی، آپ نے کسی ممتا کا افسانہ لکھا تھا۔ کسی نینا کی داستان تھی۔ اب اِس نامراد شمیؔ کی کہانی بھی لکھ دینا۔ شمیؔ کا وہ سپنا بھی لکھ دینا جس کو پرتھی نے کبھی نہ سُنا اور اس کو کہنا کہ شمیؔ کی زندگی میں چاندنی رات محض ایک ہی بار آئی تھی ...."

میں کل سات بجے شمیؔ کی بیمار پیشانی پر بوسہ دے کر آئی تھی۔ یہی سہ پہر کا وقت تھا جب اُس نے مجھے دیدی کہا تھا۔ اُس کے ہونٹوں پر نہ جانے کون سا سحر تھا کہ ایک لفظ کی ڈوری سے اُس نے میرے ساتھ اِس رشتے کی گانٹھ پکّی کی تھی۔ ابھی پورے چوبیس گھنٹے بھی نہ ہونے پائے کہ وہ زندگی کے سارے رشتے ناطے توڑ کر چلی گئی۔ ہسپتال میں سے میرے فون کا جواب آیا ہے ——

"شمیؔ؟ کون شیاما؟ اچھا تو آپ کی مُراد مِسز راجیش سے ہے .... مِسز راجیش کا تو انتقال ہو گیا ہے .... یہی کوئی ایک گھنٹہ ہوا ...."

شمیؔ نے سب سے اپنے رشتے توڑ لئے ہیں۔ مگر جن دلوں میں اُس نے محبّت کے رشتے استوار کئے ہیں۔ انہیں موت بھی نہیں توڑ سکے گی۔ دُنیا والوں کی شیاما مر گئی ہے۔ لوگوں کی مِسز راجیش گزر گئی ہے۔ مگر میں یہ نہیں مان سکتی کہ میری شمیؔ کا انتقال ہو گیا ہے۔ شمیؔ اپنی دیدی کی کہانیوں میں زِندہ رہے گی۔ شمیؔ اپنے پرتھی کے گیتوں میں زِندہ رہے گی۔

نیل کمل

چیت کا مہینہ تھا۔ رات تاروں سے بھری ہوئی تھی۔ نیند میری آنکھوں میں آتی ہی نہ تھی۔ میں نے سرہانے پڑے ہوئے لیمپ کو روشن کیا اور اُس کی روشنی میں پڑھنے لگی۔

"موسیقی! تو نے میری غمگین رُوح کو جھنجھوڑ دیا ہے۔ موسیقی تُو نے مجھے قوت، سکون اور مسرّت دی ہے، میرے پیار! میری دولت میں تیرے پاکیزہ لبوں کو چُومتا ہُوں، میں تیری شیریں زلفوں میں اپنا مونہہ چھپا لیتا ہُوں۔ میں اپنی آنکھوں کی تپتی ہوئی پلکیں تمہاری ٹھنڈی ہتھیلیوں پر رکھ دیتا ہُوں —— ہم مونہہ سے کچھ نہیں کہتے، ہماری آنکھیں بند ہیں —— لیکن میں تمہاری آنکھوں کا ناقابل بیان نور دیکھ سکتا ہوں

— اور میں تمہارے خاموش لبوں کی مُسکراہٹ پیتا ہُوں — اور میں تمہارے سینے سے لگ کر لافانی زندگی کی دھڑکن سُنتا ہُوں"

جین کرسٹاف کے یہ بول پیانو کے سُروں کو چُومتے رہے۔ اور میں نے لیمپ گُل کر کے ایک بار پھر تاروں کی روشنی کو آنکھوں میں بھر لیا اور پھر آنکھیں بند کر لیں۔

کِسی کے سانس مجُھے گردن کے قریب محسوس ہوئے۔ میں چونک کر جاگ پڑی۔ میرے سرہانے ایک پری صُورت عورت کھڑی تھی۔ اس کے لباس میں سر سے پاؤں تک تارے جڑے ہوئے تھے۔

میری آنکھیں اس کے حُسن کی تاب نہ لا سکیں۔ نور کی اِس ندی میں جیسے خوشبوؤں کی ایک لہر آئی، مجُھے ایسا محسوس ہُوا جیسے میں لہروں میں سما گئی ہُوں۔ ایک بار پھر میں نے اس کے چہرے کی طرف دیکھا، اس کے بالوں کی ایک ایک تار میں پھُول گندھے ہوئے تھے۔

"تو ایک بار میرے ساتھ آئے گی؟" موتیوں کی جھنکار جیسی اُس کی آواز آئی۔ اس نے اس انداز سے بات کہی کہ دُنیا کا کوئی شخص اس سے انکار نہیں کر سکتا تھا، اُس نے میرا ہاتھ پکڑا اور کئی راہیں ہمارے پاؤں کو چھُوتی رہیں۔

پھُولوں کی پتیوں کو جوڑ جوڑ کر جیسے کسی نے ایک محل بنوایا ہو،

میں نے ہاتھ لگا کر دیکھا تو سچ مچ پھولوں کی پتّیاں ہی تھیں۔ لیکن نہ جانے وہ کس سہارے پر تھیں، پھولوں کی دیواریں اور پھولوں کی چھتیں، اور پھولوں ہی کے فرش تھے پھولوں کی سیج پر بیٹھے ہوئے اُس نے کہا "آج میں تمہیں اپنی کہانی سُناؤں گی۔ جب میرے دِل میں بہت زیادہ درد ہوتا ہے اُس وقت میں اِسی طرح کسی کو اپنے پاس بٹھاتی ہوں اور پھر جب میں اپنی پوری کہانی سُناتی ہوں تو مجھے کچھ سکون سا مِل جاتا ہے۔"

پھولوں کے گھر میں رہنے والی اور ستاروں کا لباس پہننے والی عورت کو بھی غم ہو سکتا ہے، میں کچھ سمجھ نہ سکی۔

"تمہیں کتابیں پسند ہیں نا ــــــ" اُس نے کہا۔

"میرے پاس صرف یہی تو دولت ہے، اور کوئی بھی دولت مجھے اس سے زیادہ عزیز نہیں ہے۔"

"اِسی لئے میں تمہیں اپنی کہانی سُناؤں گی، اِن اچھی کتابوں میں بھی میری ہی باتیں ہوتی ہیں، لیکن آج میں اپنے مونہہ سے تمہیں اپنی کہانی سُناؤں گی۔

میری ماں کا نام دھرتی ہے۔ میں ابھی پیدا نہیں ہوئی تھی، ایک دِن اُس نے سوچا، میں اپنا گھر تو روز پھولوں سے سجاتی ہوں، آج میں لوگوں کے راستوں کو بھی پھولوں سے سجاؤں گی۔

اُس دِن اُس نے سب راستوں پر پھول بچھائے ہوئے تھے۔ اُس دِن زندگی اپنے محبوب سے ملنے کے لئے جا رہی تھی۔ اُس کے پاؤں کو پھول

بہت اچھے محسوس ہوئے اور اُس نے کئی پھُول اپنے جوڑے میں لگا لئے اور کئی پھُول پرو کر اُس نے اپنے بازوؤں پر لپیٹ لئے اور میری ماں کو دُعا دی کہ اُس کے ہاں ایک ایسی لڑکی پیدا ہو گی جو دُنیا کی سَب سے زیادہ خوبصُورت عورت ہو گی۔

''میں اُس کا نام کیا رکھُوں؟'' میری ماں نے پُوچھا

''اس کا نام محبّت رکھ دینا'' زندگی نے کہا اور پھُولوں سے بھرے ہُوئے راستوں کو طے کرتی ہوئی اپنے محبوب سے مِلنے کے لئے چلی گئی

جب میں پیدا ہوئی تو میری ماں نے زندگی کے کہنے کے مطابق میرا نام محبّت رکھ دیا۔''

زندگی نے دھرتی کو کِتنی اچھّی دُعا دی، میں نے ایک بار پھر اُس دیوی کے چہرے کی طرف دیکھا۔

''پھر ایک دِن میری ماں نے باغوں کے سَب ہی پھُول لے کر اپنے گھر کو سجا دیا، اُس دِن لوگوں کے سَب ہی راستے ویران تھے، ماں نے پھُولوں کے کانٹے الگ کر کے پھینک دِئے اور پھُولوں کی پتّیوں سے اپنا سِنگھار کرنے لگی، اُس دِن بھی زندگی اپنے محبُوب سے مِلنے کے لئے جا رہی تھی۔ جب وہ ہمارے گھر کے سامنے سے گُزری تو ماں کے پھینکے ہوئے کانٹے اُس کے پاؤں میں بُری طرح چُبھ گئے۔

زندگی کے پاؤں لہو لہان ہو گئے اور اُس نے میری ماں کو بَد دُعا دی کہ اس کے ہاں ایک ایسی لڑکی پیدا ہو گی جو دُنیا کی سَب سے زیادہ

بدصورت عورت ہوگی۔ اُس کا نام نفرت ہوگا۔

میری ماں رونے لگی لیکن غصّے میں بھری ہوئی زندگی نے اپنی بَددُعا واپس نہ لی۔ جب میری ماں کے ہاں دوسری لڑکی پیدا ہوئی تو وہ واقعی بَدصُورت تھی اور اُس کے سَب اعضا میں زہر بھرا ہُوا تھا۔

" وہ اس وقت بھی زِندہ ہے ؟" میں نے سہمے ہوئے پوچھا

" ہاں! وہ زِندہ ہے، وہ جسے بھی چھُوتی ہے اُس کے جِسم میں زہر بھر جاتا ہے۔"

" زہر"

" میں تمہیں وہ لوگ دکھاؤں جنہیں اس نے ڈنک مارے ہیں۔" میں ڈر گئی، گھبرا گئی اور اس دیوی کے آنچل کو تھام لیا۔

" ڈرو مت۔ میں دُور ہی سے تمہیں دِکھاؤں گی۔" اور اُس نے پھُولوں کی ایک کھڑکی کھولی۔

پھُولوں کے محل سے کوئی سو گز دُور سامنے آگ جل رہی تھی۔۔۔ اِردگرد لوگوں کا جھُرمٹ تھا۔ مرد بھی تھے، عورتیں بھی۔۔۔۔ جب آگ کی لپٹیں ایک بار بلند ہوئیں تو میں نے غور سے دیکھا کہ جسم کی بناوٹ سے جو لوگ مرد اور عورتیں ظاہر ہوتے تھے اُن کے مونہہ سانپوں کے مونہہ کی مانند تھے ہاتھ، پاؤں، ٹانگیں، بانہیں سَب آدمیوں جیسی تھیں لیکن اُن کے سانپوں کے مونہہ کی مانند مونہہ سے لال لال زبانیں نکل کر آگ کو چاٹ رہی تھیں اُنہوں نے ہاتھوں میں جو پیالے سے لئے ہُوئے تھے، آگ کی روشنی میں میں نے

دیکھا وہ آدمیوں کی کھوپڑیاں تھیں۔

میں سر سے پاؤں تک کانپ گئی اور پھر شاید مجھے ہوش نہ رہا۔

جب میری آنکھ کھلی تو میں اُس دیوی کے بستر پر لیٹی ہُوئی تھی اور پھولوں کی کھڑکی بند تھی۔

"بہت ڈر لگا تھا؟" دیوی نے پوچھا۔

مجھے ایک بار پھر وہ آگ اور اس کے ارد گرد کھڑے ہوئے وہ لوگ یاد آگئے جن کے سر سانپوں کے سروں کی مانند تھے اور دھڑ آدمیوں جیسے — میں پھر کانپ اُٹھی۔

"دِن کے اُجالے میں تو انہیں کئی بار دیکھتی ہے، تو تجھے ڈر نہیں لگتا"

"میں نے انہیں کبھی نہیں دیکھا۔"

"دِن کے اُجالے میں یہ لوگ چہرے پر نقاب ڈال لیتے ہیں۔"

"نقاب"

"آدمیوں کے مونہہ جیسے اُنہوں نے نقاب بنا رکھے ہیں، اپنے سانپ نُما سروں کو ڈھانپنے کے لئے یہ ہمیشہ نقاب پہنے رہتے ہیں۔"

"تو اِن میں ہر وقت زہر بھرا رہتا ہے۔" میرا جسم جیسے برف کا ٹکڑا ہو گیا ہو۔

"یہ سب ہی بیچارے میری بہن کے ڈسے ہوئے ہیں۔ اِن کی رگ رگ میں زہر بھرا ہوا ہے۔ اِن میں سے کئی اِس دُنیا کے مشہور و معرُوف لوگ ہیں۔"

"دیوی! یہ کیا کام کرتے ہیں؟"

"یہ صرف ڈاکے ڈالتے ہیں، لاکھوں لوگوں کی محنت کا پھل لُوٹ لیتے ہیں۔"

"اُن کے پاس بڑے ہتھیار ہوں گے۔"

"اپنے ہتھیاروں سے یہ بناتے کچھ نہیں۔ یہ صرف چھین لینا اور مارنا ہی جانتے ہیں۔"

"لیکن دیوی! اگر تمہاری بہن کبھی تمہیں ڈس لے؟"

"وہ مجھے ڈس نہیں سکتی۔ وہ مجھے ہر طرح دُکھ پہنچا سکتی ہے۔"

"شکر ہے کہ وہ تمہیں ڈس نہیں سکتی۔"

"میرے لباس میں جڑے ہوئے تاروں سے جو روشنی نکلتی ہے اُس سے اُس کی آنکھوں میں دھندلکا چھا جاتا ہے اور وہ میرے پاس نہیں آسکتی۔ پھر میرے پسینے سے جو خوشبو آتی ہے۔ اس سے وہ گھبرا جاتی ہے۔ اور مجھ سے دُور ہٹ جاتی ہے۔ اگر یہ بات نہ ہوتی تو وہ مجھے کب کی ڈس چکی ہوتی۔ جو حسد اُسے مجھ سے ہے، وہ شاید دُنیا کی کسی اور شے سے نہیں۔ اگرچہ وہ مجھے ڈس نہیں سکتی لیکن اُس نے مجھے ہر طرح دُکھی بنا دیا ہے۔"

"میری دیوی!"

"صدیاں گزر گئیں، کئی صدیاں ـــــ میں اپنے محبوب سے مل نہیں سکتی۔" دیوی کے چہرے پر رقت کے اثرات اُبھر آئے۔ "میرے محل کو آنے والے سب ہی راستوں پر اس زہریلی لڑکی نے زہر بکھیر رکھا ہے۔"

اب مجھے دیوی کے دُکھ کا پتہ لگا۔

"کبھی بار میرا محبوب میرے پاس سے نکل جاتا ہے، تو زہریلی لڑکی اپنا آنچل میرے چہرے کے آگے پھیلا دیتی ہے اور وہ مجھے پہچان نہیں سکتا ـــــ صدیاں گزر گئیں، کئی صدیاں۔ اگر مجھے ہمیشہ جوان رہنے کی دُعا نہ ملی ہوتی تو نہ جانے میرا کیا حال ہوتا۔ تو نے اپنی دُنیا میں نہیں دیکھا کہ محبت کرنے والے کبھی منزل کو نہیں پا سکتے۔ میں جس سے پیار کرتی ہوں جب تک وہ مجھے نہیں ملے گا، دُنیا میں محبت کرنے والوں کو ان کی منزل نہیں ملے گی۔" دیوی نے پھولوں کے تکیے کا سہارا لیا، شاید اس کا دُکھ بہت بڑھ گیا ہے۔

"میری دیوی! ـــــ" میرے آنسوؤں سے میرا چہرہ بھیگ گیا "کیا صدیاں یوں ہی گزر جائیں گی؟"

"صرف ایک تدبیر ہے!"

"کوئی تدبیر بتاؤ دیوی! تمہاری پُوجا کرنے والے بھی بے شمار ہیں۔ کوئی تدبیر بتاؤ، نہیں تو کسی دِن وہ بھی ڈسے جائیں گے۔"

"جب کوئی میرے گیت گاتا ہے، جہاں تک اُن گیتوں کی آواز جاتی ہے وہاں تک ـــــ میری بہن کے زہر کا اثر نہیں ہوتا۔"

"تمہارے گیت! میری دیوی! تمہاری پُوجا کرنے والے تمہارے گیتوں کو دُنیا کے ہر کونے میں بکھیر دیں گے۔"

"کئی بار بہت اچھے لوگ پیدا ہوتے ہیں۔ وہ میرے گیت لکھتے

ہیں۔ اور جب لوگ اِن گیتوں کو پڑھتے ہیں، لوگوں کے راستوں میں پھُولوں کے رقص ہوتے ہیں۔ لیکن جب لوگ زہریلی لڑکی کے پیالے سے زہر کی بُوندیں پی لیتے ہیں تو وہ میرے گیت گانے بند کر دیتے ہیں۔ اور جب لوگ میرے گیتوں کو بھُول جاتے ہیں تو اس وقت میری بہن موت کا ناچ ناچتی ہے۔ میری بہن اِنسانوں کی کھوپڑیوں میں زہر بھر بھر کر لوگوں کو پلاتی ہے، تو نشے میں مست وہ لوگ آدمی کے خُون سے اپنے ہاتھ رنگ رنگ کر ہنستے ہیں اور موت کا ناچ ناچتے ہیں۔"

"میں لوگوں کے لبوں پر تمہارے گیت بکھیر دُوں گی، بہت اچھّے لوگوں نے تمہارے بہت اچھّے گیت لکھے ہوں گے، میری دیوی! اگر مجھ سے اتنے اچھے گیت نہ بھی لکھے جا سکے، پھر بھی میں تمہارے گیت لکھوں گی۔"

"میرے گیت دِل کے خُون سے لکھنے پڑتے ہیں، میری پیاری!"

میں نے دیوی کے چہرے کی طرف دیکھا تو میری آنکھوں نے کہا۔

"تمہاری بات مجھے کسی بھی قیمت پر منظور ہے۔"

دیوی کے اِس پھُولوں والے محل میں ایک تالاب کنول کے پھُولوں سے بھرا ہُوا تھا۔ اس کے کنارے کھڑی ہو کر ایک کھِلے ہُوئے نیل کمل کی طرف اُنگلی اُٹھا کر اُس نے کہا۔ "اس میں دیکھو۔"

میں نے اس کا حکم سر آنکھوں پر لیا اور نیل کمل کے کھلے ہوئے دِل میں دیکھا۔

"کچھ دِکھائی دیا؟"

"ہاں دیوی! ایسا ایک چہرہ جو ساری عُمر بُھلایا نہ جا سکے۔"

"تو ساری عمر نہیں بُھول سکے گی پیاری! ساری عمر نہیں بُھول سکیگی۔"

"اس کنول میں جو بھی جھانک کر دیکھتا ہے، کیا اسے یہی چہرہ دِکھائی دیتا ہے؟"

"نہیں پیاری! جس طرح پانی میں دیکھنے والے کو صرف اپنا مونہہ ہی دِکھائی دیتا ہے۔ اِسی طرح اس پھُول میں ہر ایک کو اپنی منزل دِکھائی دیتی ہے اور ہر ایک کی منزل اپنی اپنی ہوتی ہے۔"

"اس پھُول کو صرف نیل کمل ہی کہتے ہیں۔"

"نہیں، اِس پھُول کو تصوّر یا خیال بھی کہتے ہیں۔"

"یہ چہرا ــــ میری منزل" حیرت کے سائے میں خوف کی پرچھائیں شامل ہوگئی اور میں دونوں میں گھِر گئی۔

"تمہاری آنکھوں میں ہمیشہ کے لیۓ اس کا انتظار بس جائے گا۔ اور اس کی یاد تمہارے دِل میں جب بھی تڑپ پیدا کرے گی، تمہارے دِل سے لہُو بہ نِکلے گا میرے گیت اسی لہُو کے پاکیزہ رنگ سے لِکھے جاتے ہیں، میری پیاری!"

"میں اس چہرے کو کبھی نہیں دیکھ سکوں گی۔" یہ پہلی سچّی تڑپ تھی۔ جس سے میں کانپ اُٹھی۔

"نہیں پیاری! کبھی نہیں، نہ تُو نہ کوئی اور اپنی منزل کا مونہہ دیکھ سکتا ہے، ہمارے راستوں میں بددُعائیں بِچھی ہوئی ہیں۔ تو میری

طرف نہیں دیکھتی۔ صدیاں گزر گئی ہیں۔"

میری آنکھوں میں سینکڑوں آنسو اُمڈ آئے۔ اور میں نے اُس تاروں جڑے آنچل کو اپنی آنکھوں پر رکھ لیا، پھر شاید مجھے ہوش نہ رہا۔

جب میری آنکھ کھلی تو نہ وہ پھولوں کا محل تھا نہ وہ دیوی ہی تھی۔ اپنی چارپائی کو میں نے ٹٹولا۔ میرے سرہانے وہی لیمپ اور وہی کتاب پڑی تھی۔

کئی برس گزر گئے ہیں، مجھے ابھی تک پتہ نہیں لگا کہ اُس رات میں نے خواب دیکھا تھا یا اُس رات پریوں کی کہانی جیسی یہ کہانی واقعی پیش آئی تھی۔

نیل کمل میں دیکھا ہوا مکھڑا مجھے اسی طرح یاد ہے، میری آنکھیں بھر بھر آتی ہیں۔ تڑپ برداشت نہیں کی جاتی اور میں اپنے قلم کو اپنے دل کے پاکیزہ خون سے تر کر کے محبت کے گیت لکھنے بیٹھ جاتی ہوں۔

دُھواں اور شعلہ

ہردیو نے جب تہ بند اُتار کر پتلون پہنی اور گلے میں نکٹائی لپیٹ کر اُسے گانٹھ دینے لگا تو اُسے یہ محسُوس ہوا جیسے سات دِن پہلے کا ہردیو کوئی اور ہی تھا اور آج کا ہردیو وہ ہردیو نہیں۔ سات دِن پہلے کے ہردیو کو اُس نے گھبرا کر آواز دی "دیو"۔ دیو کے نام سے اُس نے اِس لئے پُکارا تھا کیونکہ ہفتہ بھر بِرہمی اُس کو دیو کہہ کر ہی پُکارتی رہی تھی۔ پُورا نام لینا اُس کے لئے مُشکل تھا۔

"ہاں ہردیو۔" دیو کی آواز آئی۔

"مجھ سے یوں جُدا ہو جاؤ گے دوست!"

"شاید ہونا ہی پڑے ہردیو! یوں بھی تو ہم ایک ہی دُنیا کے رہنے والے نہیں معلوم ہوتے۔"

"کیوں میں کوئی ایسا غیر ہُوں ؟"
"غیر؟ ہاں غیر ہی تو کہہ سکتا ہوں۔ مجھ سے تو اب تم پہچانے بھی نہیں جاتے۔"
"لباس کی تبدیلی اتنا فرق ڈال سکتی ہے ؟"
"نہیں ہر دیو ! محض لباس کی بات نہیں۔ تم ایک مصنف ہو اور مصنف بھی ایسے ، جس کا نام ہزاروں انسانوں کی زبان پر ہے۔ اور میرا نام.... میرا نام تو شاید برہمی کے سوا کوئی نہیں جانتا۔"

ہر دیو کو اِس بات کا دھکّا سا لگا۔ اُس کے جی میں آیا کہ کہہ دے "دیو.... دیو ! میرے دوست ! تم مجھ سے کہیں زیادہ خوش قسمت ہو، ہزاروں لوگ میرا نام لیتے ہیں۔ مگر مجھے کبھی بھی یہ محسوس نہیں ہوا کہ کوئی مجھے جانتا ہے۔ تمہارا نام کوئی نہیں جانتا ، صرف ایک ہفتہ تک۔ برہمی لے ہی تمہیں تمہارے نام سے پکارا اور تمہیں یوں محسوس ہوتا ہے کہ برہمی تمہیں جانتی ہے۔"
مگر ہر دیو نے کچھ نہیں کہا۔

"ہر دیو ! ایسی بھی کیا مایوسی ! ہر جگہ تمہارے لئے پلکیں بچھائی جاتی ہیں، ہر کالج میں تمہیں عزت کی نگاہ سے دیکھا جاتا ہے۔ کل دھرم سالہ گورنمنٹ کالج کی طرف سے تمہارا استقبال ہونے والا ہے۔ کتنے لڑکے اور لڑکیاں تمہارے گرد منڈلائیں گی ، کتنے دل

یں تم سے دو باتیں کرنے کی تمنا ہوگی، کتنے لوگ آٹوگراف لینے کے لئے تمہارے گرد جمع ہو جائیں گے، کتنی ہی حسینائیں جب اپنے محبوبوں کو خط لکھیں گی تو تمہارے گیتوں کی زبان میں اپنے دِل کی باتیں کہیں گی۔ تمہیں شاید یاد نہیں رہا کہ ایک مرتبہ جب تم اپنی سیٹ بُک کرانے کے لئے کھِڑکی پر پہنچے تو تمہارا نام سُن کر بکنگ کلرک کا چہرہ چمک اُٹھا تھا۔ پلیٹ فارم پر گھُومتے ہوئے لوگوں نے جب ڈبے کے باہر تمہارا نام دیکھا تو تمہیں ایک نظر دیکھنے کے لئے تمہارے ڈبّے کے سامنے کھڑے ہو گئے تھے۔"

"کچھ نہ کہو دیو! یہ سب ٹھیک سہی، مگر اس سے دِل کی خلاؤں کو تو نہیں بھرا جا سکتا۔"

"پھر؟"

"تم بھی میرے ساتھ چلو، جہاں میں رہُوں، وہیں میرے ساتھ رہنا۔ مجھے اپنی مصروفیات سے جب بھی فرصت ملے گی، تم سے باتیں ہوا کریں گی۔ میں تنہا ہُوں، بالکل تنہا — ہزاروں اِنسانوں کے ہجوم میں تنہا۔ میں تمہارے سامنے اپنا دِل کھول کر رکھ سکوں گا۔"

"مجھے تمہارا شہر، تمہاری تہذیب اور تمہارا تمدّن برداشت نہیں کر سکے گا۔ ہردیو! تم کبھی ہندوستانی شاعری کی باتیں کرتے ہو۔ کبھی انگریزی شاعری اور کبھی رُوسی شاعری کی باریکیاں بیان کرتے ہو، تم انہیں مختلف ناموں سے پکارتے ہو۔ کبھی رومانی شاعری کہتے ہو کبھی

کبھی حقیقت پسندانہ یا اشاراتی اور کبھی ترقی پسند اور کبھی روایتی۔ مجھے اِن باتوں کا کچھ پتہ نہیں۔"

ہردیو نے سر جھکا لیا۔ بیتے دِن اُسے یاد آگئے۔ برسوں سے اس کے اندر ایک آگ سی سُلگ رہی تھی، ایک دھواں سا اُٹھ رہا تھا۔ مگر پچھلے کچھ مہینوں سے اُس کا دَم گھُٹنے لگا تھا۔ دھرمسالہ کے گورنمنٹ کالج کے پرنسپل نے اُسے دعوت دی تھی کہ وہ اُن کے کالج میں تین لیکچر دے۔ ایک 'قدیم شاعری' پر، دُوسرا 'جدید ہندوستانی شاعری' پر، اور تیسرا 'ہندوستانی شاعری کا دُوسرے ممالک کی شاعری سے موازنہ' ــــ اس نے یہ دعوت قبول کرلی تھی۔

آٹھ دِن تک وہ کتابوں کے مطالعے میں غرق رہا اور اس دوران میں اُس نے کتنے ہی مسودے تیار کرلئے تھے۔ پھر پندرہ دِن دن کی فرصت نکال کر وہ دہلی کے شور و غُل سے نجات پانے کے لئے دھرمسالہ کے گوشۂ تنہائی میں آبیٹھا تھا۔ وہ چاہتا تھا کہ دس بارہ دِن تنہائی میں بیٹھ کر اپنے دِل میں دفن افسانوں کو دہرائے، اپنے دِل میں مچلنے والے جذبات کو گیتوں کا رُوپ دے اور پھر کالج میں تین لیکچر دے کر واپس دہلی چلا جائے۔ یہ تھا اس کا پروگرام۔

لیکن دھرمسالہ کے ہوٹل کی تنہائی میں بھی اُس کو وہ سکون

میسر نہ ہوا جس کی تلاش میں وہ یہاں آیا تھا۔ اِس لیے اب وہ روزانہ صُبح کو کسی بس میں سوار ہو جاتا اور جہاں جی چاہتا اُتر جاتا۔ اس کے ساتھ صِرف ایک چھوٹا سا تھیلہ ہوتا۔ جس میں وہ ایک ڈبل روٹی، مکھن، انڈے اور کچھ پھل رکھ لیتا، تھرمس میں چائے ہوتی، سگریٹ کی دو ڈبیاں جیب میں ڈال لیتا۔ کھدر کی ایک پتلی چادر اور ہوائی تکیہ کو تہ کر کے تھیلے میں رکھ لیتا۔ جہاں جی چاہتا گھومتا، جہاں جی میں آتا اپنی نیلی چادر پھیلا کر تکیہ میں ہوا بھر کر لیٹ جاتا۔ اِس طرح دِن گزارتا شام کے وقت کسی گاؤں کے نزدیک پہنچ جاتا اور کسی گزرتی ہوئی بس میں سوار ہو کر رات گئے تک اپنے ہوٹل میں لوٹ آتا ـــ اِس طرح کوئی تین دِن گزرے تھے اور چوتھے دِن جب وہ سارا دِن ایک گاؤں کے لہلہاتے کھیتوں میں گزار کر واپس لوٹنے ہی والا تھا۔ اچانک ایک پتھر پر سے اُس کا پاؤں کچھ اس طرح پھسلا کہ سنبھلتے سنبھلتے بھی موچ آگئی اور دیکھتے دیکھتے اُس کی ایڑی سُوج گئی۔ وہ ایک قدم بھی نہیں چل سکتا تھا۔ جہاں بیٹھا تھا وہیں بیٹھا رہ گیا۔ سائے ڈھل چکے تھے اندھیرا بڑھتا جا رہا تھا۔ اُس کے پاؤں میں آگے بڑھنے کی سکت نہ تھی۔

اب وہ کسی راہگیر کا انتظار کرنے لگا۔ اندھیرا اور گہرا ہوتا جا رہا تھا۔ ایک طرف سے کچھ آہٹ سُنائی دی۔ بانس کے پیڑ کے پاس ایک لڑکی پتے توڑ رہی تھی۔ وہ سوچنے لگا اِس لڑکی کی بجائے اگر کوئی مرد ہوتا تو اس سے مدد مانگتا۔ اس کے سہارے کچھ دُور چل لیتا۔ لڑکی نے پتوں

کا گٹھڑ باندھ لیا اور سر پر رکھ کر چل دی۔ جب اُس کے پاس سے ہوکر گزری تو کہنے لگی۔ "کیوں بابو! راستہ بھول گئے ہو کیا؟"

اگرچہ لڑکی کی زبان پہاڑی تھی۔ مگر اس کے سمجھنے میں چنداں دُشواری نہ ہوئی۔ ہردیو نے اُس کو بتانے کی کوشش کی کہ اُس کے پاؤں میں چوٹ آگئی ہے اور وہ چل نہیں سکتا۔ پھر اُس سے کہا کہ وہ گاؤں پہنچ کر کسی آدمی کو بھیج دے، جس کے کندھے کا سہارا لیکر وہ گاؤں تک پہنچ سکے۔ لڑکی نے پتوں کا گٹھڑ زمین پر رکھ دیا اور ہردیو کے تھیلے کو اپنے پانی کے برتن پر لٹکا کر اُس سے بولی کہ وہ اُس کے کندھے کا سہارا لینے کی کوشش کرے۔ کوئی تنومند شخص بھی ہوتا تو ہردیو اُس کے سہارے اِتنی آسانی سے نہ چل سکتا تھا جتنا کہ وہ اِس دوشیزہ کے کندھے پر ہتھیلی رکھ کر چل رہا تھا۔ ہر قدم پر اُسے اِس بات کا خیال رہتا کہ کہیں وہ زیادہ دباؤ نہ ڈالے اور دِل ہی دِل میں اپنے لنگڑاتے پاؤں سے جیسے عرض کرتا جا رہا ہو —— کچھ تو صبر سے کام لے۔

جب ہردیو گاؤں کی حدود میں داخل ہوا تو اندھیرا کافی گہرا ہو چکا تھا، لڑکی اُسے اپنے گھر لے گئی۔

"میں تمہیں کیا کہہ کر پکاروں؟" ہردیو نے پوچھا۔

"میرا نام برہمی ہے بابو!"

"تم مجھے بابو کیوں کہتی ہو؟ میرا نام تو ہردیو ہے۔"

"تمہارا نام بڑا مشکل ہے بابو۔"

"مُشکل ہے تو آسان بنالو — کہو تو بھلا دیو۔"

"دیو" برہمی نے آسانی سے کہدیا۔

"برہمی! اِس گاؤں میں کوئی سرائے تو ہوگی یا پھر کوئی مندر ..... میں وہیں پڑا رہوں گا۔"

برہمی نے کچھ جواب نہیں دیا۔ اس کو دروازے کی چوکھٹ پر کھڑا کر کے اندر چلی گئی — کچھ دیر بعد برہمی کے باپ نے آکر ہردیو کا بازو تھام لیا۔

"کوئی فِکر نہ کرو بابو! رات میں یہیں ٹھیر جاؤ۔ تمہارا پاؤں سینک دیں گے۔ کل تک ٹھیک ہو جاؤ گے۔"

'کل' جلدی نہ آئی۔ ہردیو کی پاؤں کی سُوجن کوئی تین دِن تک رہی۔ برہمی کا باپ روزانہ اس کے پاؤں پر گرم تیل کی مالش کرتا اور پھر کس کر باندھ دیتا۔ اس دوران میں ہردیو کو یہ خیال بھی ہوا کہ وہ کسی بس والے کے ہاتھ رقعہ بھیج کر اپنے ہوٹل میں خبر دے اور کسی ڈاکٹر کو بُلوالے یا ہوٹل سے کچھ ضروری چیزیں ہی منگوالے مگر پھر سوچا کہ ایسا کرنا برہمی کے جذبۂ خدمت کو ٹھیس پہنچانے کے مترادف ہوگا۔ وہ جس چارپائی پر پڑا تھا وہیں پڑا رہا۔

اپنی نیلی چادر کا اس نے تہمد بنالیا تھا۔ برہمی روزانہ اس کی قمیض دھو دیا کرتی تھی۔ خالص اُون کے دو پٹو برہمی کے باپ نے اس کی چارپائی پر بچھا دیئے تھے۔ برہمی کی ماں اُس کے لیئے چاول اُبالتی

تھی، دال پکاتی تھی اور پیٹھے کی سبزی تیار کرتی تھی۔ پھر بھی برہمی کو جیسے کوئی کمی محسوس ہوتی۔ وہ پڑوسیوں سے دھان اور مکّی کے بدلے تھوڑا سا گیہوں کا آٹا بھی لے آئی تھی۔ اور اس کے لئے ہلکی پھلکی چپاتیاں سینکنے کا اہتمام کرتی۔

چوتھے روز ہردیو کے پاؤں میں اتنی سکت آگئی کہ وہ چارپائی سے اُٹھ کر برہمی کے چولھے کے قریب بیٹھنے لگا۔ گیلی لکڑیاں بار بار دھواں چھوڑتیں، ہردیو لکڑیوں کو پھونکوں سے سُلگانے کی کوشش کرتا اور برہمی چپاتیاں بیلتی جاتی۔

دیوالی قریب آرہی تھی۔ برہمی کی ماں اپنے کچّے مکان کی لپائی کرنے کے لئے تمام چیزیں مہیا کر چکی تھی۔ ہردیو کو پہلی بار پانی میں بھیگی ہوئی مٹّی کی سوندھی سوندھی سُگندھ اتنی بھلی معلوم ہوئی کہ اُسے یوں محسوس ہوا جیسے اُس خوشبو کے آگے دُنیا کی تمام خوشبوئیں ہیچ ہوں۔ آنگن کی لپائی کرتے وقت برہمی کی ماں گیرو رنگ گھول کر سارے آنگن میں پاؤں کے نشان بنانے لگی تو اُس نے پُوچھا

"یہ کیا برہمی ؟"

"ماں کہتی ہے کہ یہاں پاؤں رکھ کر لچھمی آئے گی۔" برہمی نے اُسے بتایا۔

ہردیو کے دِل میں اس کے اِس معصوم اعتقاد کے لئے تعظیم کے جذبات اُبھر آئے۔ اُس نے ہنس کر پُوچھا:۔

"سچ برہمی! لکشمی آئیگی تو مجھے دِکھاؤگی؟"

"واہ! لچھمی بھی کبھی دِکھائی دیتی ہے"۔ برہمی ہنس کر بولی۔

"کبھی کبھی تو دِکھائی دے ہی جاتی ہے۔"

"کب؟"

"جب وہ دِکھائی دیتی ہے تو اُس کا نام بدل جاتا ہے۔"

برہمی اُس کا مُنہ تکتی رہ گئی۔

"کبھی کبھی اُس کا نام برہمی بھی ہو جاتا ہے۔" ہردیو نے کہا۔

برہمی کے چہرے پر حیا کی سُرخی دوڑ گئی۔ اس کا چہرہ تمتما اُٹھا۔

ہردیو کی آنکھیں خیرہ ہو گئیں۔ اگرچہ اُسے دُنیا بھر کے مشہور مصوّروں کے شاہکار دیکھنے کے مواقع حاصل ہوئے تھے۔ مگر ایسا پاک حُسن اُس نے کبھی نہ دیکھا تھا۔

برہمی کے باپ نے اپنے 'بابو' کی خاطر مدارت کے لئے ایک دِن شہر سے ڈبل روٹی اور انڈے منگوائے۔ ہردیو گو لاکھ کہتا رہا کہ اب اُسے مکّی کی روٹی اور اُبلے چاولوں کے سِوا اور کچھ اچھا نہیں لگتا مگر برہمی اور اُس کے گھر والوں کو مہمان نوازی میں ابھی کچھ کسر معلوم ہو رہی تھی۔

برہمی نے آگ جلائی۔ ہردیو نے توا رکھ کر برہمی کو انڈے تلنے کا طریقہ بتایا۔ برہمی چائے تیار کر رہی تھی۔ لکڑیاں بجھ بجھ جاتی تھیں ہردیو نے کتنی ہی پھونکیں ماریں۔ مگر لکڑیوں نے آگ نہیں پکڑی۔

برہمی نے زور سے ایک پھُونک ماری تو دھوئیں کے بادلوں میں سے ایک شعلہ لپکا۔ چُولھے پر جُھکی ہوئی برہمی کا چہرہ منوّر ہوگیا۔

ہردیو کو پہلی بار یوں لگا کہ برسوں سے اُس کے دِل میں جو آگ سُلگ رہی تھی اور دُھواں گھُٹ رہا تھا آج اُس میں کسی نے ایسی پھُونک ماردی کہ وہ روشن ہوگئی۔ ایک شعلہ لپکا۔ جس کی روشنی میں برہمی کا چہرہ منوّر ہو اُٹھا۔ اُس کے لئے برہمی اب محض ایک لڑکی نہیں تھی۔ انسان کی پاک محبت کی زندہ جاوید تصویر تھی

اگلے دِن برہمی نے ایک عجیب بات کی۔ اچانک وہ ہردیو سے مخاطب ہوکر بولی۔

"دیو بابو! تم نے کہا تھا نا کہ لچھمی جب دِکھائی دیتی ہے تو اس کا نام بدل جاتا ہے۔"

"ہاں!"

"کیا لچھمی کبھی مرد بھی بن جاتی ہے؟"

یہ پہلا موقعہ تھا کہ ہردیو لاجواب ہوگیا تھا۔ وہ برہمی کا مُنہ تکتا رہ گیا۔

ہردیو کے ہَوائی تکیہ میں برہمی بڑے شوق سے مُنہ لگائے ہَوا بھرتی تھی۔ جب وہ بھر جاتا تھا تو ہردیو اس کے ساتھ اپنا چہرہ یوں لگا دیتا جیسے اُس میں سے برہمی کی سانسیں آرہی ہوں۔

اِنہیں خیالوں میں غلطاں ہردیو نے سر اُٹھایا۔ دیو اُس کے پاس کھڑا تھا۔ ہردیو نے گرم سلیٹی پتلون پہن رکھی تھی اور دیو نے اپنی کمر کے گرد نیلی تہمد۔

"دیو!"

"ہاں دوست!"

"تم میرے ساتھ نہیں چلو گے؟"

"میرے لئے اور کوئی جگہ نہیں رہی ہردیو، میں یہیں ہونگا"

"یہاں، برہمی کے گھر؟"

"میں کسی اور کو دِکھائی تھوڑی دُوں گا جو مجھے غم ہو۔"

"تم یہاں کیا کرو گے؟"

"برہمی جنگل میں چشمے پر اکیلی پانی بھرنے جاتی ہے۔ میں اُس کے ساتھ جایا کروں گا۔ وہ کھیتوں میں جا کر دھان کاٹتی ہے میں اُس کا گٹھڑ اُٹھوایا کروں گا۔ وہ چولھے کے سامنے روٹیاں پکاتی ہے میں آگ سُلگایا کروں گا۔"

"وہ کچھ عرصے کے بعد جب اپنی سُسرال چلی جائے گی پھر؟"

"میں اُس کی ڈولی کے ساتھ ساتھ جاؤں گا۔ وہ اپنا گھر بسائے گی تو میں اُسے آراستہ کروں گا، سجاؤں گا۔"

"مگر دیو تمہارا اُس کے ساتھ رِشتہ کیا ہوگا؟"

”یہی تو دُنیا والوں کی بُری عادت ہے کہ وہ ہر انسان کا دُوسرے انسان سے رِشتہ جاننا چاہتے ہیں۔ وہ اِنسان کو بعد میں دیکھتے ہیں اور رِشتہ پہلے۔ کیا عورت کا چہرہ عورت کا چہرہ نہیں ہوتا؟ کیا وہ ضرور ماں کا چہرہ ہونا چاہیئے؟ بہن کا چہرہ ہونا چاہیئے بیٹی کا چہرہ ہونا چاہیئے؟ بیوی کا چہرہ ہونا چاہیئے؟ صِرف عورت کا چہرہ کیوں نہیں رہ سکتا؟“

”تم ٹھیک کہتے ہو دیو! میرے پاس اِس کا کوئی جواب نہیں“

”کم ازکم تمہیں تو یہ سوال نہیں پُوچھنا چاہیئے“

”میں کچھ نہیں پُوچھتا۔“

”آج تم نے اپنے ہوائی تکیئے کو خالی نہیں کیا ہردیو؟“

”اِس کو برہمی نے اپنی سانسوں سے بھرا ہوا ہے۔“

”تو پھر؟“

”جب تک مُمکن ہوگا اُس کی سانسوں سے مِلا کر سانس لُوں گا۔“

”مگر کِتنے دِن ہردیو؟ تیری دُنیا کی ہَوا اِس دُنیا سے مختلف ہے۔ وہ تہذیب و تمدن کی دُنیا ہے۔ اس میں ہر گھڑی نفرت اور جنگ کے جراثیم پرورش پاتے ہیں۔ اور یہ تہذیب اور تمدن کی دوڑ میں پیچھے رہ جانے والی دُنیا ہے۔ اِس میں مُونج اور مکّی کے خوشے سانس لیتے ہیں تیری دُنیا کی فضاؤں میں تو برہمی کا دم گھُٹ کر رہ جائے گا۔“

ہردیو نے کچھ جواب نہ دیا۔ تکیے کا پیچ کھول دیا۔

ایک لمحے میں برہمی کی سانسیں ہر دیو کی سانسوں سے آزاد ہوگئیں اور مونج اور مکی کے کھیتوں سے آنے والی ہوائیں تحلیل ہوگئیں ۔

مُلاقات

جگجیت جب آئینہ کے سامنے آئی تو اُس کی پُشت کی طرف اُس کے دراز اور گھنے بالوں کی گھٹا سی اُمڈ آئی تھی۔ اُس نے اپنے دونو ہاتھوں سے اپنی دراز زُلفوں کو یوں پکڑا جیسے اِن اُمڈی گھٹاؤں کو جلد از جلد سمیٹ لینا چاہتی ہو۔

"خبر سُنی ہے" ایک آواز نے اُس کے کانوں میں سرگوشی کی۔

"——" جگجیت خاموش رہی۔

"وہ اِسی شہر میں آیا ہے۔"

جگجیت اب بھی چُپ رہی۔

"پیغام مِلا؟"

"پیغام لفظوں کا محتاج نہیں۔"
"ملو گی؟"
"معلوم نہیں۔"
"رات بھر بے چین رہی ہو۔"
"یہ کوئی نئی بات نہیں.... ایسی راتیں کئی ہوتی ہیں۔"
"مگر کبھی کبھی کوئی سوئی ہوئی چنگاری کو پھونک مار کر جگا ہی دیتا ہے؟"
"اور روشنی تیز ہو جاتی ہے۔"
"حیات تنکوں کے ظہور کی ترتیب کا نام ہے...."
"اگر سلگتے رہنا ہی میرے نصیب میں ہو...."
"کیا زندگی کے چشموں میں پانی نہیں رہا؟"
"زندگی کے چشموں میں نہیں۔ مگر دراز پلکوں کی جھیلوں میں بہت پانی ہے۔"
"لب تسکین پا سکیں گے؟"
"یہ لفظ تو کبھی نہیں سنا میں نے۔"
"تمہیں اس ہی ملنا ہو گا جگجیت۔"
"تم بھول رہی ہو کہ اب میں آزاد نہیں ہوں۔"
"یاد ہے۔"
"اور پھر اسے دینے کے لئے میرے پاس رکھا بھی کیا ہے؟

"ایک اقرار بھی تو نہیں ۔"
" میں سمجھتی ہوں ۔"
" پھر؟"
" جس 'محبوبہ' نے تمہارے دل میں جنم لیا تھا۔ کیا 'بیوی' اور 'ماں' کے دو لفظ اس کی آنکھیں بند کر سکیں گے؟"
" نہ بھی کر سکیں تو بھی اُس کی آنکھوں کے سامنے ایک لامتناہی اندھیرا ہے ۔"
" مگر اس کی سانسیں برقرار ہیں اور دل بے قرار"
" پھر تم ہی کہو کہ کیا کروں؟"
" تمہیں وہ کیسی لگتی ہے، تمہارے اندر کی محبوبہ؟"
" کبھی کبھی اُس کی گرم آہوں کی میں تاب نہیں لا سکتی۔ یہاں تک کہ میرے اندر جو 'بیوی' اور 'ماں' ہیں وہ بھی خوفزدہ ہو جاتی ہیں ۔"
" بیوی زندہ رہے، ماں بھی زندہ رہے، کیا اُس کو جینے کا کوئی حق نہیں؟"
" تمہیں کہو اسے کہاں رکھوں؟ میری تنگ دامانی کو تو دیکھو"
" دھرتی بہت وشال ہے ۔"
" مگر دھرتی پر محبت کے دو قدموں کے لئے کوئی بھی جگہ نہیں۔"
کچھ دیر خاموشی رہی ۔

" جواب نہیں دیا تم نے؟ " جگجیت نے پُوچھا۔
" جواب تمہارے اندر ہے جیتی "
" مجھے تو بلند آواز بولنے کی آزادی نہیں۔"
" ہاہا۔۔۔۔"
" تمہیں مجھ پر ہنسنا نہیں چاہیے "
" اچھا میرے آنسو تمہیں تسکین دے سکیں گے؟"
" آنسو کب تسکین دیتے ہیں۔ میں برسوں روکر دیکھ چکی ہوں "
" اس سے ملنا ہوگا جگجیت۔"
" جب وہ میری طرف دیکھتا ہے، مجھے یُوں محسوس ہوتا ہے کہ کوئی میرے زخم کو ناخن سے کُرید رہا ہو۔"
" تم چاہتی ہو کہ زخم مندمل ہو جائے؟"
" زخم لگانا اور اسے مندمل کرنا اپنے اختیار کی بات نہیں۔"
" پھر؟"
" درد اتنا نہ ہو کہ برداشت نہ کر سکوں۔"
" ضبط کی چادر تان کر تمہیں نیند آ جائے گی ۔"
" آنکھیں ڈھانپ لوں گی۔ یہ کون جانے گا کہ نیند آئی کہ نہیں "
" سوال تشنہ رہ جائے گا جگجیت۔"
" مگر میری وفا۔۔۔۔۔ "
" وفا۔۔۔؟ وفا کوئی اوڑھنی نہیں۔ یہ تو من کی حالت

ہوتی ہے۔ اِسے اوڑھا اور اُتارا نہیں جا سکتا ....."

"مگر....."

"دُنیا کی تہمت بھی تو دُھول ہوتی ہے جیتی ... اور اُس کی بخشی ہوئی شہرت بھی۔ جب من کے سرودر میں نہالیا جائے تو جسم سے یہ دونوں دُھولیں دُھل جاتی ہیں۔ سوال ایک ہی ہے جیتی کہ من کا سرودر نِرمل ہو .....!"

"اب تمہیں کہو کہ ....."

"تم ہی نے تو کہا تھا کہ پیغام لفظوں کا محتاج نہیں۔"

"ہاں!"

"کِس برتے پر کہا تھا؟"

"یُوں محسوس ہوتا ہے کہ اب اُس کے اور میرے درمیان لفظوں کی بھی گنجائش نہیں رہی۔"

نقرئی قہقہے گُونج گئے۔

"یہ ہنسنے کی بات نہیں!"

"یہ بھی ہنسنے کی بات نہیں جیتی، تو اور کیا ہے۔ تمہارے اور اُس کے درمیان دو لفظوں کا بھی گُزر نہیں .... پھر تم نے اُس کے اور اپنے درمیان یہ دیوارِ فرقت کیسے کھڑی کر لی؟"

"یہ دیوار میرے قدموں کے لِئے ہے۔ مگر میرے اندر کچھ "باد" جیسا آزاد و بے قرار ہے۔ جو ہر حد اور دیوار کو پھلانگ جاتا ہے۔"

" تمہاری رُوح کا یہ حِصّہ جو حدُود کو خاطر میں نہیں لاتا وہ تمہیں کیسا لگتا ہے، اچھا یا بُرا ؟"

" اس سے زیادہ پاک پوِتر کسی اور چیز کا مجھے کبھی احساس نہیں ہوا۔ یوں محسوس ہوتا ہے وہی دراصل " میں خود" ہوں۔ باقی سب میں " میں" نہیں۔ یا یہ " میں" بہت سے حِصّوں میں بٹ گیا ہے۔"

" یہ " میں" ایک خوشبو ہوتی ہے جگجیت ! اِس کے حِصّے بخرے نہیں کیۓ جا سکتے۔"

" خوشبو آزاد ہوتی ہے۔ اور میں — میں آزاد نہیں۔"

'میں' اگر ہوتی ہے تو آزاد ہوتی ہے، ورنہ ہوتی ہی نہیں اُس کی درمیانی حالت کا کوئی وجود نہیں۔"

" تو کیا اِس " میں" کو زِندہ رکھنے کے لئے میرے قدموں کو شکست ہوگی ؟"

" تم اِس کو شکست کیوں کہتی ہو ؟ "

" شکست میں نے شاید ٹھیک نہیں کہا۔ ضِد قدموں کی نہیں۔ میرے قدموں کے گرد گھیرا ڈالنے والے اصُولوں کی ہے۔"

" اصُولوں کی رسائی قدموں تک ہے، خیالوں تک کیوں نہیں ؟"

" شاید اِس لئے کہ قدم دِکھائی دیتے ہیں، خیال نہیں۔"

"تو کیا اصول اُن چیزوں کے لئے بنے ہیں جو دِکھائی دیں؟"

جگجیت لاجواب ہو گئی۔

"رات کی تاریکی میں کچھ دِکھائی نہیں دیتا۔ قدم اُس وقت بھی ہوتے ہیں، اصول اس وقت بھی ہوتے ہیں.... تم اُس وقت اپنے اصولوں کو قدموں سے علیحدہ کر سکتی ہو؟"

"نہیں"

"پھر خیال کیوں نہیں اصولوں کی گرفت میں آئے.... قدموں اور خیالوں میں آخر فرق ہی کیا ہے؟"

"شاید کچھ نہیں۔ اگر خیالوں کو بھی اصولوں کی بیڑیاں ڈال دوں، میرا سب کچھ قیدی ہو جائے گا.... شاید مر جائے گا۔"

"پھر نا معلوم تمہارا قدموں کے بندھنوں میں اِس قدر یقین کیوں ہے؟"

"میں خود نہیں جانتی۔"

"بندھنوں میں تمہیں کوئی یقین نہیں جیتی! یہ کبھی کِسی کو نہیں ہُوا۔ اصول قدموں کے لئے سہارا بنے تھے.... تاکہ قدم راہگذار کے کانٹوں سے محفوظ رہیں۔ قدم منزل کی طرف بڑھتے چلے جائیں۔ اور اصول اُن کے محافظ بنیں.... مگر دُنیا والوں نے اصولوں کو پاپوش سمجھا اور چلنا ہی بھول گئے.... وہ بچپن کی اس جوتی کو ہی پہنے رہے۔ بدلنے کی ہمت نہیں۔ اور پاؤں شکنجے

میں آگئے ۔یہاں تک کہ چلنے کے انداز ہی بھُول گئے۔ خیالوں کے بھی اصول ہوتے ہیں جگجیت ــــ وہ خیالوں کی رہنمائی کرتے ہیں۔ ۔ ۔ جب پاؤں بغاوت پر آمادہ ہوں،کہانہ مانیں۔اُس وقت تو دو راستے رہ جاتے ہیں۔ یا تو سَب رہنمائیاں چھوڑ کر خیال بھٹکنے لگتے ہیں، اور یا اصول بیڑیاں بَن جاتے ہیں۔

" میرے ہاتھ تھام لو . . . ان کو سہارا دو "

" کیا کرو گی ؟ "

" چلوں گی ۔ "

" اُس سے ملوں گی نہ ؟ "

" ہاں ! "

" لیکن اِن راہوں پر سہارے نہیں ہوتے جگجیت ! صرف قدموں کی ہمّت تمہیں لے جائے گی "

جگجیت نے نظریں جھکا کر اپنے پاؤں کی طرف دیکھا۔اُس کے پاؤں اصولوں کی ایک تنگ جوتی کی گرفت میں تھے۔

" میں کِس طرح اُتاروں اِنہیں ؟ "

جواب کوئی نہ مِلا۔

" کیسے اُتاروں اِنہیں ؟ " جگجیت نے تڑپ کر پُوچھا۔

جواب اب بھی نہیں آیا۔

جگجیت نے چاروں طرف دیکھا۔ وہاں کوئی بھی نہیں تھا۔

اُس کے سامنے ایک قدآدم آئینہ تھا۔ اور آئینے میں اُس کا اپنا عکس ایک سوال کی صورت میں کھڑا تھا.... اُس کی پُشت پر کالے سیاہ بالوں کی گھٹا سی اُمڈ آئی تھی۔ خیالوں کی گھٹا۔ اور اُس کے ہاتھوں میں اِتنی طاقت نہیں تھی کہ وہ اِس گھٹا کو سمیٹ لیں۔

پانچ بہنیں

ایک بڑے مُلک کا قِصّہ ہے کہ ایک دِن ٹھنڈے بِلّوری پانیوں نے زِندگی کے خوبصُورت اعضا کو مَل مَل کر دھویا۔ پھُولوں نے جی بھر کر خوشبو لگائی اور سَات رنگوں نے زِندگی کے لئے ایک پوشاک پیش کی۔ سُورج نے اپنی کرنوں کی وساطت سے پھلوں میں رس ٹپکایا۔ زندگی نے اپنی آنکھوں میں تسکین چھلکا کر ہَوا سے یوں کہا "میں نے سُنا ہے کہ اِس صدی کی پانچ لڑکیاں ہیں۔ جوان اور خوبصُورت ...."

"ہاں!"

"آج میں اُن کے ہاں جاؤں گی۔"

ہوا ہنسنے لگی۔

"میرے پاس پانچ سوغاتیں ہیں۔ ایک سی قیمتی۔ میں اِن سب کو ایک ایک سوغات دُوں گی۔ کیا تم میرے ساتھ چلو گی؟" زندگی نے ہوا سے پوچھا۔

"جیسے تم کہو۔"

"سب سے پہلے میں پانچ بہنوں میں سب سے بڑی کے گھر جاؤں گی۔"

"اچھا، مگر اُس کے گھر میں دروازے اور کھڑکیاں بالکل نہیں صرف ایک دروازہ ہے۔ جب اُس کا خاوند گھر سے جاتا ہے تو جاتے ہوئے دروازے کو لوہے کا قفل لگا دیتا ہے۔ واپسی پر وہی قفل باہر سے کھول کر اندر لگا دیتا ہے۔"

"تم مجھے اپنے اندر سمو لو۔ خوشبو کی طرح۔ اِس طرح میں تمہارے ساتھ اس کے گھر میں چلی جاؤں گی۔"

"نہیں، نہیں، خوشبوؤں سے میں بوجھل ہو جاتی ہوں لہذا میں کسی جھری سے بھی مکان میں داخل نہیں ہو سکتی۔ جتنی دیر میں دیواریں پھلانگ کر میں اُس کے گھر پہنچتی ہوں، میرے جسم کا ایک ایک عضو چُور چُور ہو جاتا ہے۔"

ہوا زندگی کو پانچ بہنوں میں سب سے بڑی کے گھر لے گئی۔

اِس بڑی دیوار پر بہت سی تصویریں بنی ہوئی تھیں سینکڑوں

تصویریں ۔۔۔۔ ہزاروں تصویریں ۔ زندگی نے حیران ہو کر پوچھا۔
" یہ دیوار صدیوں سے بنی ہوئی ہے ۔ جب اس گھر کی کوئی عورت اِن دہلیزوں کو عبور کئے بغیر مر جاتی ہے تو اس مُلک کے لوگ اس عورت کی تصویر اس دیوار پر بنا دیتے ہیں ۔"
" اس گھر کی کوئی عورت ان دہلیزوں کو عبور نہیں کرتی ۔"
" نہیں زندگی ۔۔۔۔۔ کبھی نہیں ۔"
" ان دیواروں کا کیا نام ہے ؟ "
" روایات ! کوئی خاندان کی روایت ہے ، کوئی مذہب کی اور کوئی سماج کی ۔۔۔ "
" مگر میں اِس گھر کی عورت کو ایک بار دیکھنا چاہتی ہوں "
" سُورج کی کرنوں نے بھی اِس گھر کی عورت کو نہیں دیکھا تم بھلا کیسے دیکھ سکتی ہو ؟ "
" لیکن یہ بیسویں صدی ہے ۔ اے ہُوا ! تم کون سی صدی کی باتیں کر رہی ہو ؟ "
" یہاں صدیاں گھر کے باہر سے ہی گزر جاتی ہیں ۔ دس صدیاں اِدھر ہوں یا اُدھر ۔ اس گھر میں بسنے والوں کے لئے کوئی فرق نہیں پڑتا ۔"
" میں اس کے لئے ایک سوغات لائی تھی ۔"
تمہاری سوغات ۔ اگر اُس کے پاس پہنچ بھی جائے تو وہ

"اُسے ہاتھ نہیں لگائے گی۔"
"کیوں؟"
"کیوں کہ دُنیا کی ہر شئے اس کے لئے ممنوع ہے۔"
"کیا وہ میری آواز نہیں سُنے گی؟"
"نہیں، اُس کے کانوں کے لئے اس دیوار کے باہر سے آنے والی ہر آواز کی ممانعت ہے۔"
"اے ہوا! تم کیا باتیں کر رہی ہو؟ آخر وہ جوان ہے۔"
"اے زندگی! تم برسوں کا حساب لگا رہی ہوگی۔ اِس گھر کی عورت کبھی جوان نہیں ہوتی۔ بچپن پر ہی اس پر پیری کے نشانات ہویدا ہو جاتے ہیں۔"
زندگی کے پاؤں میں ایک لرزش اُٹھی۔ وہ شکست خوردہ اور سہمی سہمی آگے چلنے لگی۔

"یہ اِس صدی کی دُوسری لڑکی ہے۔" ہوا نے کہا
"کون سی؟"
"وہ جو سامنے ریلوے لائن سے کوئلے چُن رہی ہے۔"
ایک تیس سالہ عورت نے بائیں ہاتھ سے اپنی کمر پر پھٹی ہوئی قمیض کو دوپٹے سے ڈھانپا اور دائیں ہاتھ سے اپنی ٹوکری

میں ایک مُٹھی بھر کوئلہ ڈالتے ہوئے کوئی دس گز کے فاصلے پر زمین پر لیٹی ہوئی اپنی بچّی کو جھانکا۔ بچّی کے رونے کی آواز اب تیز ہوگئی تھی اس عورت نے ٹوکری ایک طرف رکھدی اور اپنی بچّی کو اپنی جھولی میں ڈال لیا۔ لڑکی نے ماں کی چھاتی کو کئی بار مونہہ مارا لیکن اُسے دودھ نہ مِل سکا۔ اب وہ اور زور سے رونے لگی۔

زِندگی نے قریب جاکر آواز دی "بہن!"

اُس عورت نے نہ جانے آواز سُنی یا نہیں۔

زندگی نے اور نزدیک ہوکر پھر کہا "بہن"

اُس عورت نے بیگانہ نگاہوں سے ایک بار دیکھا اور پھر اپنا دھیان دُوسری جانب پلٹ لیا۔ جیسے اُس نے سوچا ہوکہ آوازیں کسی اور کو دی جارہی ہیں۔

زِندگی کے ہونٹ جیسے تڑپ گئے "میری بہن"

عورت نے پھر اُس کی طرف دیکھا اور بے گانگی سے پُوچھا۔

"تم کون ہو؟"

"مجھے زِندگی کہتے ہیں۔"

عورت نے پھر اپنی توجہ اپنی روتی ہوئی بچّی کی جانب مبذول کرلی۔ جیسے راہگیروں کی باتوں سے اُس کا کیا تعلق ہے؟"

"میں تیرے دیس آئی ہوں، تیرے شہر، تیرے گھر"

دیس، شہر اور گھر والی بات جیسے اُس عورت کی سمجھ سے بالاتھی۔

"آج میں تیرے گھر رہوں گی"

عورت نے غصّہ سے زندگی کی طرف دیکھا۔ جیسے زندگی کا اس سے اِس طرح مذاق کرنا واجب نہ تھا۔

"تم لڑکی کو دُودھ کیوں نہیں دیتی ہو۔ بچاری رو رہی ہے"

عورت نے ایک بار اپنے سُوکھے ہوئے جسم کی طرف دیکھا۔ پھر روتی ہوئی لڑکی کے چہرے کو۔ تاھم اُسے اِس سوال کا مطلب کچھ سمجھ نہ آیا۔ اگر اس کے پاس دُودھ ہوتا تو کیا وہ بچّی کو نہ پلاتی۔

"تمہارا گھر کتنی دُور ہے ؟"

"اس گندے نالے کے پار"

"میں تمہارے ساتھ جاؤں گی۔"

"مگر وہاں گھر کوئی نہیں، ایک سرکنڈوں کا چھپّر ہے۔"

"تیرا خاوند . . . ."

"وہ بیمار ہے۔"

"کیا کام کرتا ہے ؟"

"کارخانے میں مزدُور تھا۔ پچھلے سال کی تخفیف میں وہ نوکری سے علیحدہ کر دیا گیا تھا۔"

"اور پھر ؟"

"ایک سال سے اُسے بُخار آ رہا ہے۔"

"کیا یہ ایک ہی تمہاری بچّی ہے ؟"

"میرا ایک لڑکا بھی ہے مگر....."

"وہ کہاں ہے؟"

"ایک دن وہ بھوکا تھا، بہت بھوکا۔ اُس نے ایک امیر آدمی کی موٹر سے سیب چرالیا تھا۔ پولیس والوں نے اُسے جیل میں ڈالدیا"

"میں تیرے گھر چلوں؟"

"مگر تم کون ہو؟"

مجھے زندگی کہتے ہیں۔"

"میں نے کبھی تمہارا نام نہیں سُنا۔"

"کبھی.... کبھی بچپن میں.... بچپن میں تم نے ضرور کہانیاں سُنی ہوں گی۔"

"میری ماں کو بہت سی کہانیاں یاد تھیں۔ میرا باپ کسان تھا، مگر وہ تھا اُن کسانوں میں جن کی اپنی زمین نہیں تھی۔ میری بڑی بہن کی شادی پر ہم نے قرضہ لیا جو ہم لوٹا نہ سکے۔ ساہوکار نے ہمارے ڈنگر ڈھور چھین لیئے تھے۔ میرا باپ بہت دُور کہیں پردیس میں روزی کمانے چل دیا۔ میری ماں رات کو سو نہیں سکتی تھی۔ وہ رات کو مجھے جگا کر کہانیاں سُنایا کرتی تھی۔ بھوتوں کی، جنّوں کی.... مگر میں نے تمہارا نام تو کبھی نہیں سُنا۔"

"پھر تیرا باپ کیا کما کر لایا؟"

"میری ماں کہا کرتی تھی کہ جب وہ آئے گا تب وہ بہت

سا سونا لائے گا۔ مگر وہ کبھی لوٹ کر نہیں آیا۔" اس عورت نے سنبھل کر کہا۔ "تم میرے گھر جاکر کیا کرو گی؟"

"میں ...." زندگی کچھ اور نہ کہہ سکی۔

وہ عورت کوئلوں کی ٹوکری پکڑ کر کھڑی ہو گئی۔

"میں تیرے لئے سوغات لائی ہوں۔" زندگی نے رنگوں اور خوشبوؤں کی پٹاری عورت کے سامنے رکھ دی۔

"نہیں بہن! تم ان کو اپنے پاس رکھو۔" عورت نے ڈرتے ہوئے ان سے اپنی نظر ہٹالی۔

"میں تیرے لئے لائی ہوں۔"

"نہیں بہن! کل کو پولیس والے کہیں گے کہ تو نے کسی کی چوری کی ہے۔"

وہ عورت جلدی جلدی اپنے گھر کی جانب مڑی۔ مگر جب اُس نے دیکھا کہ اب بھی زندگی اس کے پیچھے آ رہی ہے، وہ ڈر کے مارے کھڑی ہو گئی۔

"میری بہن! تو لوٹ جا، میرے ساتھ نہ آ۔ مجھے بیگانوں سے بہت خوف آتا ہے۔ پہلے بھی ایک بار .... ایک جوان شہری آیا تھا اور کہتا تھا کہ میں تیرے خاوند کو کام دلا دوں گا۔ اور تیرے لڑکے کو جیل سے رہا کرا دوں گا .... میں نے پڑوسیوں سے آٹا لیکر اُس کی روٹی پکائی .... اور جب میں اپنے لڑکے کو دیکھنے کے لئے

اس کے ساتھ شہر گئی ۔۔۔۔ تو راستہ میں ۔۔۔۔ راستہ میں ۔۔۔۔''
اس عورت کے جسم کے ایک ایک عضو سے شعلے اٹھنے لگے اور وہ بے تحاشا بھاگ اٹھی۔

زندگی کی آنکھوں میں چھلکتے ہوئے آنسوؤں کو ہوا نے اپنی ہتھیلی سے پونچھا۔ ''آ، میں تجھے تیسری بہن کے گھر لے چلوں''۔ جس وقت زندگی ایک محل نما گھر کے آگے سے گزری تو ہوا نے آہستہ سے اُس کے کان میں کہا ۔ ''یہی اُس کا گھر ہے''
دروازے پر کھڑے دربان نے زندگی کا راستہ روک لیا۔
اس کے بعد باندی کے ہاتھ پیغام بھیجا گیا۔ زندگی باہر انتظار کرتی رہی ۔۔۔۔ انتظار کرتی رہی۔ جب اُسے اندر آنے کی اجازت ملی تو وہ خادمہ کے پیچھے پیچھے کئی بلوری دروازوں کو عبور کرتی ہوئی اور ریشمی پردوں کو اٹھاتی ہوئی خاص کمرے میں پہنچی۔
سنگ مرمر کا ایک مجسمہ کمرے کے ایک کونے میں ایستادہ تھا۔ پانی کی پھوار اس کے جسم کو ڈھانپ رہی تھی۔ سنگ مرمر جیسا ایک اور عورت کا مجسمہ نرم کرسی پر پڑا تھا۔ ریشم کے تار اس کے جسم کو ڈھانپنے کی کوشش کر رہے تھے۔ عورت کے کھڑے بُت کی کوئی آواز نہ آئی۔ لیکن بیٹھے ہوئے مجسمے نے پوچھا ''تم کون ہو؟ میں نے تمہیں پہچانا نہیں۔''

زندگی نے بدک کر چاروں طرف دیکھا، لیکن وہاں کسی عورت کا وجود نہ تھا۔ پھر زندگی نے کھڑے بُت کو ہاتھ سے چھوا۔ وہ پتھر کی طرح سخت تھا۔ پھر زندگی نے بیٹھے ہوئے بُت کو ہاتھ لگایا۔ وہ ربڑ کی طرح ملائم تھا۔

"مجھے زندگی کہتے ہیں۔" زندگی نے آہستہ سے کہا۔
"مجھے یاد نہیں آرہا، لیکن یہ نام میں نے سُن رکھا ہے، شاید بچپن میں کسی کتاب میں پڑھا ہو۔"

"کتاب میں؟"

"ہاں مجھے یاد آگیا۔ میری ایک ہم جماعت تھی، وہ گیت لکھا کرتی تھی۔ ایک دفعہ اس نے مجھے اپنے گیتوں کی کاپی دی تھی۔ اس میں اس نام کا ذکر تھا۔"

"اب وہ کہاں رہتی ہے۔"

"غریب لڑکی تھی۔ نہ معلوم کہاں رہتی ہوگی؟"

"مگر اس کی کاپی؟"

"اس نئی کوٹھی میں آتے ہوئے میں پُرانا سامان نہیں لائی۔ ہم نے یہ سب سامان نیا خریدا ہے۔"

"بہت مہنگا خریدا ہے۔"

"میرا خاوند ملک کا ایک بہت بڑا آدمی ہے۔ اس دفعہ کے انتخابات میں بھی مجھے یقین ہے کہ وہ دوبارہ 'بڑا آدمی' چُنا جائے گا۔"

ہم جب چاہیں ایسا یا اِس سے اچھا سامان خرید سکتے ہیں۔" ربڑ جیسے ملائم مجسمے نے میز پر پڑے ہوئے پھل زِندگی کو پیش کیے۔

پھلوں کو ہاتھ لگاتے ہی زندگی کو بُو محسوس ہوئی۔

" میں نے ابھی ابھی یہ پھل اپنے نوکروں سے تڑوائے ہیں شاید خادمہ نے دھوئے نہیں۔ شاید تمہیں نوکروں کے ہاتھوں کی بدبُو آرہی ہوگی .... آج گرمی .... میری طبیعت کچھ ٹھیک نہیں آج ...."

" اگر تم کہو تو میں تمہیں باہر کھلی اور ٹھنڈی ہوا میں لے چلتی ہوں۔" زِندگی نے ایک سانس بھر کر کہا۔

" نہیں نہیں، میں ایسے باہر نہیں جا سکتی۔ اپنی برادری سے باہر کے لوگوں کے ساتھ گھومنے پھرنے سے ہماری عزت میں فرق آتا ہے .... درحقیقت جب میرا آپریشن ہوا تھا تو اس میں کچھ کسر رہ گئی تھی۔ کبھی کبھی مجھے درد ہوتا ہے...."

زندگی نے اُٹھ کر اس ربڑ جیسی ملائم عورت کا بازو دیکھا اور پھر اس کے جسم پر ہاتھ رکھا " تمہارا دِل کیوں نہیں دھڑکتا؟ .... یہ پتھر کی طرح خاموش اور سرد ہے ...."

" یہاں پر ہی تو نقص رہ گیا ہے۔ میرا خاوند کہتا ہے کہ اب کے ہم کسی دُوسرے دیس جائیں گے .... شاید امریکہ .... وہاں کے ڈاکٹر بہت لائق ہیں میرا آپریشن دوبارہ ہوگا۔"

" کاہے کا آپریشن؟"

"جب کوئی لڑکی شادی کرواکر "بڑے گھر" میں آتی ہے تو شادی سے پہلی رات مُلک کے عقلمند ڈاکٹر اس کا آپریشن کرتے ہیں۔ یہ بڑے گھروں کی رسم ہے۔"

"شادی کی رات یہ آپریشن ...."

"ہاں! اس لڑکی کے جسم کو چیر کر اس کا دل باہر نکال لیتے ہیں اس کی جگہ ایک سونے کی سِل رکھ دیتے ہیں۔ بہت خوبصورت... بہت مہنگی .... میرے آپریشن میں ذرا سی کسر رہ گئی تھی۔ کبھی کبھی درد اُٹھتا ہے .... اِن انتخابات میں اگر میرا خاوند جیت گیا تو ہم اگلے مہینے ہوائی جہاز میں باہر جائیں گے۔ پھر میرا آپریشن ہوگا اور میں بالکل ٹھیک ہو جاؤں گی۔"

"میں تیرے لئے ایک سوغات لائی ہُوں۔"

"نہیں۔ نہیں .... میرے خاوند نے مجھے کہہ رکھا ہے کہ آج کل میں کسی سے کوئی بھینٹ قبول نہ کرُوں۔ انتخابات نزدیک ہیں اور اس کے علاوہ ملک کی بڑی بڑی مِلوں میں ہمارے حصّے ہیں ہمیں یہ چھوٹی چھوٹی چیزیں لینے کی کیا ضرورت ہے؟"

ٹیلی فون کی گھنٹی بجی۔ ربڑ جیسی ملائم عورت نے ٹیلی فون پر دو تین منٹ باتیں کر کے قریب بیٹھی ہوئی زندگی سے کہا "بہن اگر تمہیں میرے ساتھ کوئی کام ہو تو پھر تشریف لانا۔ اِس وقت میرا خاوند اور اس کی پارٹی کے کچھ رُکن ہمارے ہاں آرہے ہیں ...."

ہَوا نے زِندگی کے ہاتھ کو تھاما اور اُسے سہارا دے کر چوتھی بہن کے گھر لے گئی۔ بڑا سادہ گھر تھا۔ گھر کے دروازے کے سامنے ایک چمکتی ہوئی گاڑی کا مونہہ آنکھوں کو چندھیا رہا تھا۔ رات کی آمد آمد تھی۔ زندگی نے دہلیز کے قریب ہو کر اندر جھانکا۔ بائیس تئیس سال کی ایک جوان عورت ایک بچّے کو تھپکیاں دے کر سُلا رہی تھی۔ کمرے کا سامان صرف گزارے کے لئے کافی تھا۔ اس جوان عورت کے کپڑے جھلملا رہے تھے۔ زِندگی نے آہستہ سے دروازے کو کھٹکھٹایا۔

"کون .... ذرا آہستہ۔" جوان عورت دہلیز کے پاس آئی۔ "بچّہ جاگ اُٹھے گا۔" پھر جوان عورت نے بدک کر کہا "تم... تم؟" اس کی آواز لڑکھڑا گئی۔

"مجھے زِندگی کہتے ہیں۔"

"مجھے عِلم ہے۔"

تجھے عِلم ہے؟"

"میں تمام عمر تیری پرچھائیوں کے پیچھے دوڑتی رہی ہُوں، اب میں تھک گئی ہُوں۔ اب میں نے تیری راہ ترک کر دی ہے۔ تم چلی جاؤ .... جہاں سے آئی ہو وہیں چلی جاؤ۔ تم دیکھتی نہیں ہو.... میرے دروازے کے آگے عذاب کی ایک لکیر کھچی ہوئی ہے۔ تم اِس

لکیر کو پار نہیں کر سکتیں۔ تم اِس لکیر کو نہیں مِٹا سکتیں۔ تم چلی جاؤ .... تم چلی جاؤ ....“ جوان عورت کا سانس پھول گیا۔

”میری اچھی بہن“

”بہن ؟ میں کسی کی بہن نہیں۔ میں کسی کی لڑکی نہیں۔ میں کسی کی کچھ نہیں ....“

”یہ تیرا بچّہ ....“ زِندگی نے کمرے میں سوئے ہوئے بچّے کو دیکھتے ہوئے کہا۔

”میرا بچّہ .... میرا بچّہ .... مگر اس کا باپ کوئی نہیں“

”میں نہیں سمجھی۔“

”جب میرے دیس میں آزادی کی بُنیادیں رکھی گئیں تو اُن میں میری ہڈیاں ڈالی گئیں .... جب میرے ملک میں آزادی کا پودا لگایا گیا تو میرے خون کے پانی سے اسے سینچا گیا .... جِس رات میرے دیس میں خوشی کا چراغ روشن ہوا اُس رات میری عِزّت اور آبرو کے دامن کو آگ لگی .... یہ بچّہ .... یہ بچّہ اُس رات کا تحفہ ہے۔ اُس آگ کی راکھ ہے۔ اس زخم کا نِشان ....“

”میری دُکھی بہن ....“ زندگی نے ہمدردی سے جوان عورت کے سر پر ہاتھ رکھا۔

”پھر میری تمام راتیں اس رات جیسی ہوگئیں۔ میں تیرے خواب دیکھا کرتی تھی۔ میں نے سوچا کہ تو میرے سپنوں کو مہندی لگائے گی۔

میری ماں کے آنگن میں میرے دیس کے گیت گائے جائیں گے۔ اور پھر میں اپنے کانوں سے شہنائیوں کی دھنیں سنوں گی۔ میرے گاؤں کا ایک کڑیل جوان لڑکا میرے سپنوں کا راجہ تھا.... میں تیری پرچھائیوں سے کھیل رہی تھی۔ جب ہمارا گاؤں لوٹا گیا۔ جب میرے والد کو پیٹا گیا۔ جب میرے بھائیوں کو تہ تیغ کیا گیا۔ ایک سانپ نے مجھے بھی ڈس لیا۔ پھر ایک اور سانپ نے .... ایک اور نے .... یہ اِنسانی چہروں والے سانپ کس ڈھنگ کے ہیں۔ جن کا کاٹا مرتا نہیں، ساری عمر اُس کے زہر میں جلتا رہتا ہے .... پھر میں نے تیرا ایک اور سایہ دیکھا۔ میرے دیس کے لوگ کہنے لگے کہ مجھے ان سانپوں سے بچا کر لایا جائے گا .... ان کا زہر میرے جسم سے اتار دیا جائے گا۔ میں دوبارہ پہلے سی اچھی اور پاک لڑکی بن جاؤں گی .... میں دوڑی تیری پرچھائیوں کے پیچھے .... یہ سب جھوٹ تھا .... میرے خوابوں کے شہزادے نے مجھے قبول نہیں کیا۔ مجھے اپنی دہلیز سے لوٹا دیا۔ مجھے اپنے پاؤں سے علیحدہ کر دیا۔ پھر اُس زہر میں سڑنے لگی۔ اُن سانپوں جیسے اور سانپ میرے گرد لپٹ گئے۔ تم باہر وہ گاڑی نہیں دیکھ رہی ہو؟ کتنی چمکتی ہے۔ یہ ایک بہت بڑے سانپ کی گاڑی ہے۔ آج رات یہ مجھے کاٹے گی۔"

زندگی بول نہ سکی۔ اس کے ہاتھوں میں پکڑی ہوئی سوغات اس کے آنسوؤں میں بھیگ گئی۔

" یہ تم کیا لائی تھیں۔ سوغات .... میرے لئے؟ تم دیکھ نہیں

رہی ہو، میرا سارا جسم زہر آلود ہے۔ میں جب تمہاری سوغات کو ہاتھ لگاؤں گی، اس کو زہر چڑھ جائے گا۔ اِن رنگوں کو، اِن خوشبوؤں کو .... میری نس نس میں زہر سمایا ہُوا ہے۔ زہر! زہر!!"

ہَوا نے بے ہوش زندگی کے مونہہ پر اپنے دامن سے ہوا کی۔

جَب زندگی کو کچھ ہوش آیا تو ہَوا اُسے پانچویں بہن کے ہاں لے گئی۔

بیس سال کی ایک مدھ بھرے نینوں والی لڑکی کے ارد گرد بڑی کتابیں، ساز اور رنگ بکھرے پڑے تھے۔ زندگی نے اطمینان کا سانس لیا۔ اس کے سامنے ہی متوارے نینوں والی لڑکی نے ساز کے تار چھیڑے اور ایک میٹھا گیت فضاؤں میں لہرا اُٹھا۔ وہ لڑکی گاتی رہی۔ ستاروں جیسے آنسو اس کی آنکھوں میں چمکتے رہے۔ پھر اُس نے رنگوں کی پتلی لکیر سے کاغذ پر ایک رنگین تصویر بنائی۔

زندگی کے دِل میں خیال آیا کہ وہ اس فن کار لڑکی کے ہاتھوں کو چُوم لے۔

سُروں کا، الفاظ کا اور نقشوں کا ایک جادُو فضاؤں میں گھُلا ہوا تھا۔ زندگی نے ایک گہری سانس لی۔ ہاتھوں میں رنگوں اور خوشبوؤں کی پٹاری لے کر آگے بڑھی۔

لڑکی نے حیرانگی سے دیکھا۔

"مجھے زِندگی کہتے ہیں۔"

"مجھے علم ہے ...." لڑکی نے کہا، مگر وہ اس کے سواگت کے لئے آگے نہ بڑھی۔

اچانک زندگی کے پیر رُک گئے۔ لوہے کی باریک تاریں دروازے کے آگے بنی ہوئی تھیں۔

"میں اِس وقت تمہارا خیر مقدم نہیں کر سکتی۔" لڑکی نے سر جھکا کے کہا۔

"کیوں؟" زِندگی حیران تھی۔

"اگر تم کبھی رات کو آؤ، جب میں سو جاؤں، میرے سپنوں میں .... جب میں جاگ رہی ہُوں تو میرے جذبات ہیں، میں تیرے ساتھ بہت باتیں کروں گی، بہت کچھ سُناؤں گی اور سُنوں گی۔ پہلے بھی میں ہر روز تیری پرچھائیوں کو پکڑتی تھی۔ یہ دیکھ میں نے اِن رنگوں سے تیرے دامن کی تصویر کھینچی ہے۔ اِن تاروں کو کھینچ کر تیرے گیت گائے ہیں۔ اور اِس قلم سے میں نے تیرے پیار کے قصے بیان کئے ہیں۔"

آج جب میں خود چل کر تمہارے پاس آئی ہوں تو تم ...."

"آہستہ .... بہت آہستہ .... میرے گھر کی سب دیواروں میں سوراخ ہیں۔ سینکڑوں ہزاروں آنکھیں میری نگہبانی کرتی ہیں۔ وہ دیکھ ان سوراخوں میں ہر سوراخ سے دو بھیانک آنکھیں نظر

آئیں گی۔ یہ آنکھیں لاوے سے بھری ہوئی ہیں۔ اور ایک ایک زبان سے سینکڑوں تیر نکلتے ہیں۔ اگر میں تمہارے پاس بیٹھ جاؤں۔ تمہارے پاس.... تو اُن کے تیر ابھی میرے رنگ کے پیالوں کو اُلٹا کر دیں گے۔ میرے سازوں کے تاروں کو توڑ دیں گے میرے گیتوں کے ایک ایک لفظ کو زخمی کر دیں گے۔ اور اِن آنکھوں کا لاوا....

"مگر یہ لوگ تیرے گیت سُنتے ہیں۔ تیری کہانیاں پڑھتے ہیں۔ تیری تصویروں کو دیکھتے ہیں۔"

"یہاں کے فن کار تیری باتیں کر سکتے ہیں۔ مگر تیرا چہرہ نہیں دیکھ سکتے۔ جو تیرا چہرہ دیکھ لیتا ہے، اس منصور کو دار پر چڑھا دیتے ہیں۔ تم اب چلی جاؤ۔ کوئی دیکھ لے گا۔ میرے خوابوں کے علاوہ میرے پاس کوئی اور جگہ نہیں جہاں میں تمہیں بٹھا سکوں۔"

"میں تیرے لئے ایک سوغات لائی ہوں۔"

"وہ بھی میں اس وقت لوں گی۔ تم ضرور آنا، میں سات بہشتیں تعمیر کروں گی۔ زندگی، تم ضرور آنا۔ میں تمہاری سوغاتوں سے اپنی بہشتوں کو سجاؤں گی۔ تم ضرور آنا.... .... اور صبح اُٹھ کر میں تمہاری محبت

کا نغمہ لکھوں گی۔ تیرے حُسن کی تصویر کشی کروں گی۔ تیرے بانکپن کا میں گیت گاؤں گی۔ مگر اب تم چلی جاؤ ۔۔۔۔ کوئی دیکھ لے گا۔

لڑکی نے زندگی کی طرف اپنی پیٹھ پھیر لی۔

مکرم نیاز کی دو کتابیں

فلمی دنیا: قلمی جائزہ
(تبصرے/تجزیے)

راستے خاموش ہیں
(منتخب افسانے)

بین الاقوامی ایڈیشن درج ذیل معروف بک اسٹورس پر دستیاب ہیں

| Barnes & Noble | Walmart | Amazon.com |

تاریخِ حیدرآباد دکن پر

مکرم نیاز

کی مرتب کردہ کتاب

حیدرآباد دکن: کچھ یادیں کچھ جھلکیاں

بین الاقوامی ایڈیشن درج ذیل معروف بک اسٹورس پر دستیاب ہے

Barnes & Noble	Amazon.com	Ebay.com